THE DRAGON'S PROPHECY

ドラゴン・プロフェシー

著／ドゥガルド・A・スティール　訳／こどもくらぶ

今人舎
IMAJINSHA

For Georgina and Jimmy

Dugald A. Steer

For the team at Templar

Nick Harris

THE DRAGONOLOGY™ CHRONICLES
THE DRAGON'S PROPHRCY

First published in the UK in 2012 by Templar Publishing,
an imprint of The Templar Company Limited,
The Granary, North Street, Dorking, Surrey, RH4 1DN, UK
www.templarco.co.uk

Japanese translation rights arranged with The Templar Company Ltd.,
through Japan UNI Agency, Inc., Tokyo.
Japanese edition published by Imajinsha Co. Ltd., Tokyo, 2015.

Printed in Japan

目次

種名：アンフィテール
特徴：脚《あし》はない
1対の翼《つばさ》

種名：フロストドラゴン
特徴：４本の脚《あし》
大きな翼《つばさ》

種名：ヨーロッパドラゴン
特徴：４本の脚《あし》
大きな翼《つばさ》

種名：ワイバーン
特徴：２本の脚《あし》
大きな翼《つばさ》

種名：ガーゴイル
特徴：４本の脚《あし》
小さめの翼《つばさ》

種名：ヒドラ
特徴：複数の頭
１対の脚《あし》と翼《つばさ》

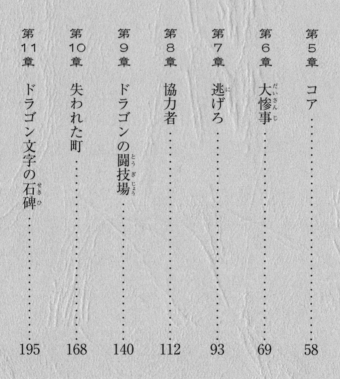

種名：中国の龍《ロン》
特徴：長い体に4本の脚《あし》
翼《つばさ》なし

種名：ツングースドラゴン
特徴：4本の脚《あし》
大きな翼《つばさ》

種名：ドワーフドラゴン
特徴：4本の脚《あし》
短い翼《つばさ》

神秘《しんぴ》といにしえの　機関紙

1883年8月号

「悪のドラゴン結社復活」は事実無根

悪のドラゴン結社の騎士《きし》が復活したとのうわさが、まやかしであると証明された。

ドラゴン協会のメンバーであるブライソニアとトレギーグルがそれぞれの住みかを攻撃《こうげき》され、現場でドラゴン文字入りの指輪が発見された事件により、一部の上級ドラゴン学者は、結社が再活動を始めたと見なしていた。しかしながら、神秘《しんぴ》といにしえのドラゴン学者協会（S《エス》.A《エイ》.S《エス》.D《ディー》.）の功績により、一連の攻撃が、死んだと思われていたあの名うての悪党、イグネイシャス・クルックの仕業《しわざ》であることが確認《かくにん》できた。クルックの卑劣《ひれつ》な策略《さくりゃく》には、スクラマサックスの息子であるトーチャーの誘拐《ゆうかい》もふくまれていた。目的は、若《わか》きドラゴン学者のベアトリスとダニエルのクック姉弟《きょうだい》を脅迫《きょうはく》し、ドラゴンのかぎ爪《づめ》を手に入れること、さらには、そのかぎ爪を利用し、悪のドラゴン結社の失われた宝物《たからもの》を盗《ぬす》みだすことだった。その宝物は、ランソーン塔《とう》の地下に眠《ねむ》るドラゴンの墓地に人知れず隠《かく》されていた。

幸いにも、イグネイシャスの策略はクック姉弟の勇敢《ゆうかん》な働きによって打ちくだかれた。二人は、トーチャーとドラゴンのかぎ爪を取り戻《もど》し、間一髪《かんいっぱつ》のところで逃《に》げだすことができた。しかし、あわれイグネイシャスは墓地のわなによって命を落としたと思われる。

勇敢さを認《みと》められたベアトリス・クックとダニエル・クックは、ビクトリア女王陛下《へいか》より栄誉《えいよ》をたまわった。二人は以降、上級ドラゴン学者と見なされる。

ドラゴン学者協会通信

イドリギア、新しいガーディアンに叙任《じょにん》される

この月初めに、ケイダー・アイドリスのイドリギアが、ドラゴン典礼式において新しい守護ドラゴン（ガーディアン）に叙任された。ドラゴン協会と神秘《しんぴ》といにしえのドラゴン学者協会（S.A.S.D.）双方《そうほう》のメンバーが儀式《ぎしき》に招かれ、証人として立ち会った。ウォーンクリフの秘《ひ》密《みつ》の場所において、ドラゴン・マスターのドレイク博士により儀式が厳《おごそ》かに進められ、7頭のドラゴン幹部会が忠誠《ちゅうせい》を誓《ちか》った。残念ながら、ベンウィヴィスのスクラマサックスが、古傷《ふるきず》のために典礼式の出席を見合わせた。彼女の傷はいずれ快復するだろう。幸いにも、スクラマサックスの息子トーチャーが代理として式に出席し、証人の一員に加わった。新しいガーディアンは時を待たずに、フロストドラゴンのエラスムスを新しいアプレンティス（弟子）に選出した。

儀式に引きつづき、人間の参加者たちはウォントリーホールにおいてドラゴン学者の晩餐会《ばんさんかい》を堪能《たんのう》した。これに関しては、ジェイコブ・モレリー卿《きょう》に謝意を奉《ほう》ずるものである。S.A.S.D.は、新任のガーディアンとアプレンティスの双方を歓迎《かんげい》するものである。さらに、二頭の活躍《かつやく》が、ドラゴン族に新しい平和期をもたらしてくれることを望んでいる。

新しいガーディアンとアプレンティスの叙任、ドラゴンのかぎ爪をめぐる攻防の詳細《しょうさい》については、シリーズ3巻目『ドラゴン・アプレンティス』を参照されたし。

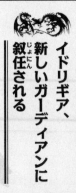

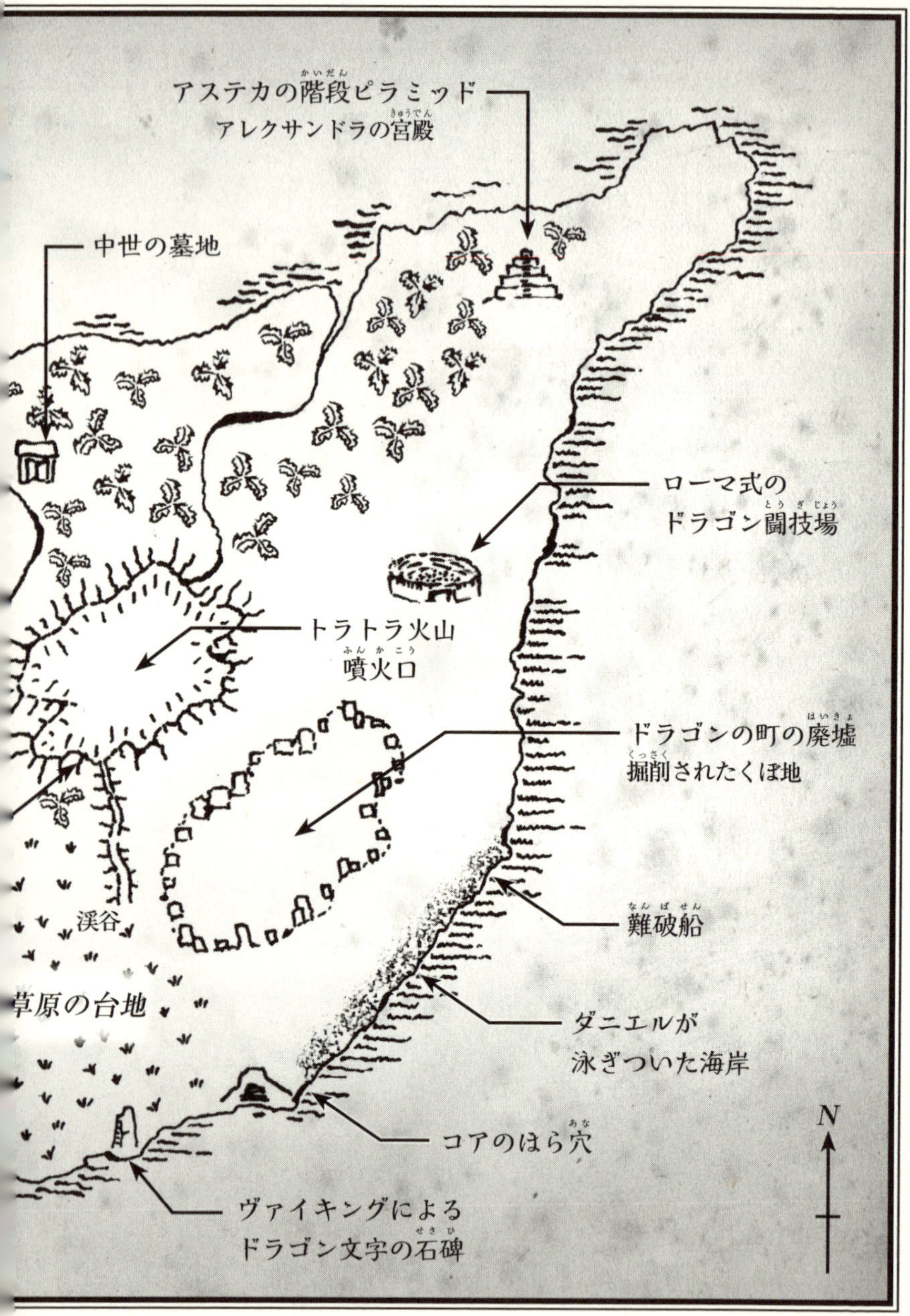
アステカの階段《かいだん》ピラミッド
アレクサンドラの宮殿《きゅうでん》
中世の墓地
ローマ式の
ドラゴン闘技場《とうぎじょう》
トラトラ火山
噴火口《ふんかこう》
ドラゴンの町の廃墟《はいきょ》
掘削《くっさく》されたくぼ地
難破船《なんぱせん》
渓谷
草原の台地
ダニエルが
泳ぎついた海岸
コアのほら穴《あな》
ヴァイキングによる
ドラゴン文字の石碑《せきひ》
N

失われた
ドラゴンの島
ジャングル
ドラゴン部隊の野営地
ドラゴンのはら穴
滝《たき》
10マイル＝10センチ
※1マイル＝約1.6km

プロローグ

嵐《あらし》の去った海辺に、男はうつぶせに倒《たお》れていた。島に流れついたのは夜だった。島？それも確かではない……。どんな海図にも載《の》ってやしないのだから。夜の闇《やみ》の中にそそり立つ黒々とした崖《がけ》のてっぺんは、激《はげ》しい雨と暗闇《くらやみ》にとけ込《こ》んでいた。

彼《かれ》の漁船は巨大《きょだい》なハリケーンによって破壊《はかい》され、かじはこなごなに砕《くだ》かれ、おぞましい海岸に打ち上げられた。船体は波で引き戻《もど》され、しばらく波間《なみま》にただよっていたが、再び海岸にたたきつけられた。その衝撃《しょうげき》によって、ほかの乗組員は甲板《かんぱん》の端《はし》から端までボーリングのピンのように転がされた。彼らが一人ずつ船の外へ放り出されると、船体は無残に真っ二つに折れ、波に洗われながら水没《すいぼつ》してしまった。ただ一人だけ男が命を長らえたのは、奇跡《きせき》としかいいようがなかった。男は動けずに、倒《たお》れたままだった。打ち上げられたがれきから硫黄《いおう》のようないやなにおいがするのに気づいたが、深く考える余裕《よゆう》はなかった。

男は明るい日ざしにふと目をさますと、おおいかぶさるようにそそり立つ崖《がけ》の向こうに、無数の巨大《きょだい》な鳥が旋回《せんかい》したり急降下《きゅうこうか》したりしているのを見た。男はなんとか体をおこすと、そろそろと崖を登りはじめた。岩はギザギザで、すりむいた手をいっそう傷《きず》つけそうだった。半分ほど登ったところで、またあのにおいがするのに気づいた。くさった卵《たまご》のような硫黄のにおいだ。崖を登りきると、においのもとが何であるかわかった。ここは島であり、中央に深いジャングルに囲まれた煙《けむり》を吐《は》く火山があるのだ。ブーンと鳴る音や、ピシッというような音が遠くから聞こえてきたが、その正体はわからなかった。彼は、火山の頂上《ちょうじょう》付近を旋回している生き物に目をやった。今度はさらにはっきりと見ることができた。それは鳥などではなく、うろこのあるしっぽと、大きなコウモリのような翼《つばさ》を持っていた。彼《かれ》の心臓《しんぞう》は興奮《こうふん》で高鳴った。ドラゴンが生息するという「失われた島」を発見したのだろうか。

30センチほどの大きさの翼をもつ生き物が、岩の間を彼のほうに向かってジグザグに飛んできた。そいつは、ビーズのような目を向け、まるで「着いてこい」とでもいうかのように、しばらくその場で旋回《せんかい》していたが、突然《とつぜん》しっぽをひるがえして消えた。それは、小さくてもまちがいなくドラゴンだった。男は石を一つ拾い上げ、生き物が消えた方角に投げつけた。

最高点まで登りつめた男の目に、信じられないような光景がとび込《こ》んできた。目の前には巨大《きょだい》なくぼ地があり、そこはドラゴンで埋《う》めつくされていた。引き具で大きな手押《てお》し車につながれたものも何頭かいて、網《あみ》を持った人間に囲まれていた。男は息をひそめてようすをうかがった。見ていると、巨大な白いドラゴンがくぼ地の壁面《へきめん》に強烈《きょうれつ》な冷気を吐《は》きだし、そのあと、黒いドラゴンが岩に炎《ほのお》を吐いた。すると岩はくずれ、その破片《はへん》を人間がシャベルで手押し車に積み込んでいる。

プロローグ

「そこのよそ者、この見世物を楽しんでくれたかしら？」

突然《とつぜん》、女の声が聞こえた。わずかに外国なまりのある英語だ。おどろいて男が振《ふ》り返《かえ》ると、美しい黒髪《くろかみ》の女がいた。女の腕《うで》の中には、男が跡《あと》を追ってきたあの小さなドラゴンがいた。後ろには武装《ぶそう》した男たちが控《ひか》え、女の命令を待っているかのようだった。

男はくぼ地を手で指しながら言った。

「今までドラゴンなど信じていなかったのだが……、働かせているのか？」

女は軽くくちびるをかみながら、男をにらんだかと思うと、今度はうす笑いをうかべ、小さなドラゴンの頭をなでながら言った。

「やつらは象みたいに働くのよ。失われたものを探《さが》すために、やつらに手伝わせる必要があるの。ずっと昔に隠《かく》されてしまった、お宝《たから》をね」

小さなドラゴンは女の腕の中で、ネコのように伸《の》びをした。女は男をじっと見つめた。

「あわれなドラゴンたちは、いつも腹を空《す》かせているのよ」

女は親衛隊のほうを振《ふ》り向くと、「連れていけ」と命じた。

「この男も、何かしら使いみちがあるだろうさ」

親衛隊が男を連れていくと、女の笑い声が岩の間にこだました。

第1章　スコットランド高地

ドラゴン学の学徒たる者は、野にあって、熱い砂嵐《すなあらし》にも、凍《こご》えるような地吹雪《じふぶき》にも打ち負かされてはならない。ドラゴン学者はいかなるときでもドラゴン学者でなくてはならない。

——アーネスト・ドレイク博士著『ドラゴンとの生活の思い出』１９１９年

雨で洗い流され、不鮮明《ふせんめい》なハート形の水たまりになっていたが、訓練を積んだ者が見れば、それがドラゴンの足跡《あしあと》であることは明らかだった。３本ある長い前爪《まえづめ》の跡はわずかに見てとれるだけだが、後ろ爪は湿《しめ》った砂《すな》をくっきりとえぐり取っていた。

ぼくは急いで立ち上がり、ベアトリスを手招きしてしゃがみ込《こ》んだ。ベアトリスは、濡《ぬ》れたモップのようにスカートを引きずりながら、ぼくの隣《となり》にしゃがみ込んだ。

「どうして今まで気づかなかったのかしら！」ベアトリスは軽く首を振《ふ》りながら叫《さけ》んだ。

「まだ新しいよ！」

「新しくないわよ。端《はし》っこが欠けているじゃない！」

「雨のせいさ。そんなに前じゃないよ。そうでなければ、足跡《あしあと》が水でいっぱいになっているはずさ！」ぼくは足跡の真ん中を指さしながら言った。

ベアトリスはかがみ込《こ》んで、足跡に顔を近づけた。

「そんなに最近じゃないわ、ダニエル。硫黄《いおう》のにおいがしないもの」

ぼくもドラゴンが刺激臭《しげきしゅう》を持っていることは知っていた。その点はぼくの負けだった。

ぼくたちはわりと簡単《かんたん》に、はっきりとしたドラゴンの爪跡《つめあと》、それもいくつか続いているのを見つけた。それはドラゴンが50メートルほど小道を通って、右前方の森を目指したことを示していた。

「どうしてドラゴンが、足跡を残すような危険《きけん》をおかしたんだと思う？」

「たぶん、雨で洗い流されると思ったんじゃないかしら？」

「それより、こいつはわなで、待ち伏《ぶ》せているんじゃないのかな？」

　ぼくたちは小道を離《はな》れ、踏《ふ》みつけられたヒースをたどるようにしながら、森を抜《ぬ》けて注意深く丘《おか》を登った。松の幹には真新しい引っかき傷《きず》があった。それはドラゴンが立ち止まって爪《つめ》をとぎ、草の根と岩だらけの山の頂上《ちょうじょう》まで登るのに備えたようだった。いつしか雨に雪がまじってきていた。刺《さ》すように冷たい風をよけられそうな場所はどこにもなかった。そのとき、頭上を何かが飛ぶのが見えた。ぼくはあわててしまって、双眼鏡《そうがんきょう》をつかみそこねた。

「ドラゴンじゃない？」とベアトリス。

「ちがうよ。鷹《たか》だよ。尾のしま模様《もよう》が見えたよ。でも、なんでこんな天気の中で飛んでるんだろう？」

　ぼくたちが、血だらけのバラバラになったヒツジの毛と骨《ほね》の山を見つけるのに、それほど時間はかからなかった。それは、けだものの食事跡《あと》だった。まるでクルミの殻《から》のように真っ二つに割れた頭《とう》がい骨《こつ》に残る歯形から察するところ、ドラゴンのしわざにまちがいなかった。

ベアトリスはそれに触《ふ》れると、ハッと息を飲んですぐに手を引っ込《こ》めた。

「どうしたの？」

「ヒツジの毛が凍《こお》っているわ！　ドラゴンが食べたばかりみたいだから、まだ温かいかと思ったのに……」

ぼくは、恐《おそ》る恐るヒツジの毛を持ち上げてみた。それは凍っていて、まるで分厚い氷の板のようだった。

「氷のひと吹《ふ》きでやられたのね！」

ベアトリスの言葉にぼくはうなずいた。見上げると、急に白く凍ったようになった山の頂上《ちょうじょう》のすぐ下の崖《がけ》に、暗い裂《さ》け目があった。

「見て、ベアトリス！　ほら穴《あな》の入口があるよ！」

ベアトリスはかがみ込《こ》むような姿勢《しせい》になり、自分のほうにぼくを引っぱりながらささやいた。「あそこにだれかいないか確かめましょう」

ぼくたちは崖の下に回り込んだ。地吹雪《じふぶき》が背中《せなか》に吹きつけるなか、もっと多くの骨《ほね》が山になっているのを見つけた。強い硫黄臭《いおうしゅう》がプンプンただよっていて、そこがドラゴンの巣であることがわかった。心臓《しんぞう》がドクンドクンと鳴っているのを感じた。

「何か宝物《たからもの》は持ってきた？」ぼくはベアトリスに聞いた。

ベアトリスはいらだたしげに首を振《ふ》った。

「今度は、ダニエルが持ってくるって言ったじゃない」

「見つからなかったんだよ」ぼくはちょっと後ろめたい気持ちになった。

ベアトリスは腕《うで》を組んで言った。

「ドラゴンの呼《よ》び笛は？　それがあるかないかが、生きるか死ぬかの分かれ目よ！」

ぼくは首にかけた鎖《くさり》に思わず手を触《ふ》れた。ドラゴンの呼び笛は、中国の宏偉寺《ホンウェイじ》の老師からもらった大切なものだ。これを手放すなんてあり得ない。ベアトリスの呼び笛もあったけれど、それをもらうチャンスがなかった。トーチャーのいたずらのせいで。

そのとき、ぼくはいいことを思いついた。「謎《なぞ》かけをしよう！」

「英語で、それともドラゴン語で？」ベアトリスが試すように聞いてきた。ぼくのドラゴン語は、自分と比べるとひどいものだって言いたいにちがいない。

答えは決まっていた。「英語で！」

ぼくは崖《がけ》の裂《さ》け目に向かって進み、一つせきばらいをして、ぼくがここにいることをドラゴンに知らせようとした。すると、ほら穴《あな》の奥深《おくふか》くからくぐもったようなうなり声が聞こえてきた。でもそれは、ぼくが期待していたような、しっかりとした深みのあるうなり声ではなかった。

驚《おどろ》いたことに、「シーッ、トーチャー！」というささやき声が聞こえた。

振《ふ》り返ると、ベアトリスが口をぽかんと開けて空を見上げていた。

ちょうどそのとき、ぼくたちのドラゴン教師であるエラスムスが、大きな翼《つばさ》で地面に影《かげ》を落として、雪をまき上げながら着地した。エラスムスは翼を背中《せなか》にたたみ、ぼくたちがちぢみあがるようなまなざしを向けて、大きくため息をついた。

「くたばれ！」彼《かれ》はいらだたしげにしっぽを動かした。

「おまえたちは二人とも死にぞこないだ！　さあ、中に入るんだ」

悪天候から逃《のが》れて、暖かくしめったほら穴《あな》の中に入るとホッとした。中の火のそばには、ぼくたちにこれまでドラゴン学のすべてを教えてくれた、アーネスト・ドレイク博士がいて、温かい飲み物と、ぼくたちを勇気づけてくれるようなほほ笑《え》みで迎《むか》えてくれた。その横で、卵《たまご》からかえして育てた赤ん坊《ぼう》ドラゴンのトーチャーが、翼《つばさ》をせわしなくはばたかせてあいさつをした。エラスムスは頭を振《ふ》りながら、白い体をくねらせてほら穴に入ってきて、腰《こし》を下ろした。

「二人の初級ドラゴン学者向けのこの迎え方を、パフォーマンスというのかな?」エラスムスはあざけりながら言った。

「もしおれ様が腹を空《す》かせたフロストドラゴンで、おまえたちのことを知らされていなかったら、あそこを飛んでいた鷹《たか》は今ごろ、馬鹿《ばか》な二人の子どもたちを食べたあとのデザートになっていただろうな」

「エラスムス、こっちに来るんだ」ドレイク博士が命じた。

「子どもたちの技術はまだまださ。でもかなりよくやったじゃないか。お手やわらかにしてやったらどうだ」

　エラスムスは軽べつするような怒鳴《どな》り声をあげた。

「お手やわらかにだと？　もちろん、そうするさ。この子たちは、いつかはドラゴン・マスターになるべく選ばれ、最高のドラゴン学者を養成する訓練を受けていたんだったな。でもな、ドラゴン・マスターであろうとなかろうと、初めて会ったわしの仲間が腹を空《す》かせていれば、そんなことは何の役にも立ちゃしないだろうよ」

「ぼくたちがどんな悪いことをしたっていうの？」

「そうだな、まずそれを言ってやるべきだったな」エラスムスは冷ややかに答えた。

「最初、おまえたちはわしが飛ぶところを見ていなかった。おまえたちはわしの昼食の跡《あと》を探《さぐ》るのに忙《いそが》しかったからな。おまえたちは、なぜ鷹《たか》があれほどあわてて飛んでいったのかを考えるべきだった。そのあと、顔に雪が当たるのを避《さ》けようとして、おまえたちはほら穴《あな》に風上から近づいた！　どんな動物でも1キロメートル離《はな》れたところからおまえたちのにおいに気づくだろう。

わしは、おまえたちとはもう終わったと、イドリギアに伝えるつもりだ。こんな役立たずの生徒たちの教師などもうやってられない！　ドラゴン学校は終わったんだ！」

捨《す》てぜりふを残して、長いしっぽをゆらゆら動かしながら、エラスムスはほら穴《あな》から姿《すがた》を消した。

「本気だと思う？」ベアトリスが心配そうに博士に尋《たず》ねた。

「もちろん、口から出まかせさ。君たちの訓練を終わらせることなど、イドリギアは認《みと》めやしない。エラスムスはもっと人間のことを学ばなければならんな」ドレイク博士が答えた。

「ほんとうに、これまで学んできたことが気にくわないみたいだ」ぼくはつぶやくように言った。

ドレイク博士は残念そうに笑った。

「確かにな。でも、エラスムスがいらつくほんとうの理由は、仲間のフロストドラゴンの件なのさ。実際、私が来たのはそのためなんだ。すまんが、君たちの助けが必要だ」

第２章　謎《なぞ》

地球の自転と公転にともない、春の次に夏が、昼のあとに夜が、そして年に２回のフロストドラゴンの渡《わた》りがやって来る。かつては、知識を求める私の貪欲《どんよく》さと同じく、彼《かれ》らの渡りも制止することなどできないと思っていた。

——アーネスト・ドレイク博士著『ドラゴンとの生活の思い出』１９１９年

泊《と》まっていた狩猟用《しゅりょうよう》のロッジに戻《もど》ると、ぼくたちは濡《ぬ》れた服を脱《ぬ》ぎすてて、燃えさかる暖炉《だんろ》の火で体を温めた。ひとしきり温まってから、ドレイク博士が長テーブルに広げた一連の地図をのぞき込《こ》んだ。スコットランドから来ていた両親も一緒《いっしょ》だった。

それぞれの地図には「１８７４年春」、「１８８０年秋」などと見出しがつけられていた。赤と黒の十字形の矢印が多くの場所についていて、名まえと日付が手書きで記入されていた。

「この矢印は何を意味しているの？」

「想像してごらんなさい、ダニエル」お母さんはぼくの質問には答えず、一つの場所を指し示した、その場所の名まえは「ジャイサルメール」。インドの北のほうだった。

「お父さんと私は、ここに注目しているの」お母さんは自慢《じまん》そうだった。

「私、わかった！　これは、フロストドラゴンが年に2回渡《わた》りをするときに、目撃《もくげき》された場所の地図ね」ベアトリスがうれしそうに言った。

「そのとおり、ベアトリス」今度はドレイク博士が答える番だ。

「ここに地図を持ってきたのは、問題を説明するためだ。ここに示したのは最近10年間のものだ。しかし、「神秘《しんぴ》といにしえのドラゴン学者協会」は同じような地図を、1823年までさかのぼって持っている。見てわかると思うが、このいちばん最近の地図までは、目撃情報は毎年増えている」

博士はその地図を持ち上げた。それには、「1883年秋」と記されていた。

「でもこの年は目撃《もくげき》情報が全然ないね」

「それが問題なのさ、ダニエル。これまで目撃情報は暗号電報で協会に報告されてきた。普通《ふつう》なら、ドラゴン研究者のダンが、オーストラリアのブルーマウンテンから最初の目撃情報を送ってくれるんだが、この秋はそれがなかった。まるで、渡《わた》りがおこなわれていないかのようにね。もちろん、そんなことはあり得ないが！」

お父さんは後ろに手を組みながら、部屋の中を行ったり来たりしていた。インドドラゴンのナーガが最近死滅《しめつ》したことにお父さんが責任を感じていることを、ぼくは知っていた。でも、お父さんだってやることはやったんだ。今、フロストドラゴンにもナーガと同じことが起きているのかもしれないと、心配しているんだろう。

「彼女《かのじょ》のことを話してもいいですか？」お父さんの声には不吉《ふきつ》さがありありだった。

「アレクサンドラ・ゴリニチカのことですかな？」

「もちろんそうです。私はすぐに、この謎《なぞ》に彼女《かのじょ》がからんでいると疑《うたぐ》ってかかりましたよ。彼女の最期《さいご》をだれも見ていないことがかねがね気になっていました。それで、イドリギアに頼《たの》んで、ドラゴン・ヴァイン経由で知能のあるドラゴンたちと連絡《れんらく》をとって、ゴリニチカの消息を尋《たず》ねたのですが、今のところだれも見かけていないということでした。フロストドラゴンと同じように、ゴリニチカが跡形《あとかた》もなく消えてしまったんです」

お父さんはテーブルをドンとたたいた。

「でも、やつはどこかにいるはずなんです！」

「ちょっと待って、ドラゴン・ヴァインって？」とぼくは尋ねた。

「ドラゴン・エクスプレスのようなものさ。知能のあるドラゴンたちが、世界じゅうのドラゴンにとって役立つと考えられる情報を伝えるための方法なんだ」

お父さんは今度はドレイク博士に向きなおった。

「エラスムスはフロストドラゴンのことについて何と言っているんですか？」

「きわめてショックのようだ。でも、だれも彼《かれ》を責めることはできないでしょう。イドリギアは南に飛んで、一族に何が起きているのかを見きわめようとしていますよ。エラスムスには、北を探《さぐ》ってくれるよう頼《たの》んだんです。ブライソニアとトレギーグルは東と西を調べてくれるでしょう」

「私たちは何をやったらいいですか？」ベアトリスは気が早っているようだ。

「今後しばらく、昼も夜もずっと空を見張っていてくれないか。それで十分だ」

「だれにも見つけられなかったフロストドラゴンを、ぼくたちが見つけられるとほんとうに考えているんですか？」

「君たちには一か八かのチャンスがあると信じているよ。フロストドラゴンはことのほか用心深い生き物だ。ほかのドラゴン種とはほとんど接点がない。しかし、もし彼《かれ》らが問題に巻《ま》き込《こ》まれたとしたら、そのうちの1頭だけでも、エラスムスを探《さが》してこちらに来るはずだ。何しろ、エラスムスはリーダーの息子《むすこ》だからね。だから目を皿のようにして探してくれ。それと、トーチャーを連れていきなさい。あの子の視力《しりょく》は最高だよ」

　ドレイク博士の言葉がほんとうだと訴《うった》えるかのように、トーチャーは窓《まど》のそばに立ち、何かに鋭《するど》い視線《しせん》を送っていた。

「トーチャーは何を見ているのかね？」とお父さん。

「エラスムスね。ほら、すごい速さで近づいてくるわ」

トーチャーに近寄りながら、お母さんが言った。

ドレイク博士は大またで窓《まど》に近づき、「エラスムス！」と叫《さけ》んだ。

「よかった！　私は彼《かれ》にひとこと言っておきたかったんだ。しかし、昼日中《ひるひなか》に彼が堂々とやって来るなんて、いったい何があったというんだ？」

エラスムスは小屋の前の芝生《しばふ》に舞《ま》い降《お》りた。ドレイク博士が声をかけるために窓を開けると、冷たい風がうなり、火が急に燃え上がった。

エラスムスはすぐに本題に入った。

「ドレイク博士、すぐにわしと一緒《いっしょ》に来てくれないか。ほかは、ここに残ったほうが身のためだ。思わぬ展開《てんかい》があったんだ。わしの一族が消えてしまった謎《なぞ》を解き明かすことができれば……そうなれば、我々《われわれ》はもっと近い存在《そんざい》になれるはずだ」

＊

ドレイク博士は、いつ戻《もど》るかも告げず行ってしまった。お父さんたちは、書斎《しょさい》として使っている小さな部屋に引きこもってしまった。そこは、お父さんがフロストドラゴンの観察計画を練るときに使っていた部屋だった。ぼくは自分の部屋に行き、ドラゴン学ノートに報告を書いた。そのとき、部屋の扉《とびら》にガリガリという引っかき音がした。トーチャーだった。トーチャーはさっきと同じように、窓《まど》から空をじっと見つめていた。

「エラスムスがまた外にいるのかい？」ぼくは、彼《かれ》がいくつかの基本的な英単語しか理解できないことを知りながら、そう尋《たず》ねてみた。

「それとも、あそこに見える雷鳥《らいちょう》を食べたらどんな味がするかを想像していたのかな？」

トーチャーが無視《むし》していたので、ぼくは机に戻り、ノートを開いた。これは3冊《さつ》目で、もうすぐ終わろうとしていた。エラスムスから受けた訓練で何回か失敗したとはいっても、ベアトリスとぼくが少なくともフロストドラゴンの追跡《ついせき》をやり遂《と》げたことをうれしく感じていた。最初のあたりをめくってみると、苦労して写しとった絵があった。ぼくは、フロストドラゴンがどうして突然《とつぜん》消えてしまったのか不思議だった。ペンを置くと双眼鏡《そうがんきょう》を手に取り、トーチャーがいる窓《まど》のそばに行った。トーチャーは、湖と遠くの高い山を落ち着かないようすで見ていた。

「あれは何、トーチャー？」ぼくは双眼鏡をのぞきながら尋《たず》ねた。

トーチャーは、何か話したいことがあるかのように、のどの奥《おく》をグルグル鳴らした。でも、それをどのように言葉にしたらいいかわからないようだった。トーチャーはいらいらしてテーブルに突進《とっしん》すると、ぼくのノートを床《ゆか》の上に引きずり落とした。そして、しっぽの先でノートを開き、カミソリのような爪《つめ》でページをめくった。トーチャーはフロストドラゴンの絵を見つけると、爪の先で触《さわ》った。ぼくは急にドキドキしはじめた。

「いい子だ！　フロストドラゴンがいるんだね、トーチャー？」

双眼鏡で今度ははっきりと見えた。ぼくは息を飲んだ。堂々としたフロストドラゴンだった。白い横腹はわずかに青みを帯び、銀色に光る彗星《すいせい》のように空を横切っていった。

第3章　湖の中の城《しろ》

ドラゴンが実在することは認《みと》めても、チンパンジーなみの知能だと言いふらしている連中がいるが、彼《かれ》らがまちがっていることは、手近の道具を使ってどんな攻撃《こうげき》も軽くかわすことができる、ドラゴンの優《すぐ》れた能力によって証明されるだろう。

——アーネスト・ドレイク博士著『ドラゴンとの生活の思い出』１９１９年

ぼくは自分の屋根裏《やねうら》部屋から1階まで、磨《みが》き込《こ》まれた階段《かいだん》の手すりをすべり降《お》りた。玄関《げんかん》ホールには、けげんそうにしているベアトリスがいた。

「ダニエルも見たんでしょう？」

ぼくは興奮《こうふん》してうなずいた。

「お父さんとお母さんに話した？」

「それがどこにもいないの。出かけるんだったら、私たちに言ってくれてもいいのに？」

大きな声で両親を呼《よ》んでも、答えはなかった。狩猟用《しゅりょうよう》のロッジは広いけれど、ぼくたちの声が聞こえないほどではなかった。ふと見ると、階段《かいだん》をチョコチョコと走り下りてきたトーチャーが、待ち切れずに玄関扉《げんかんとびら》の掛《か》け金《がね》を引っかいていた。

「たぶんお父さんたちもフロストドラゴンに気がついたんじゃないのかな？」

「でも、エラスムスは、みんなここにいるように言っていたわ」

突然《とつぜん》バタンと大きな音がして、冷たい風がサーッと吹《ふ》き込《こ》んできた。トーチャーが玄関扉を開け、外へ飛びだしたのだ。ぼくらは跡《あと》を追いかけるしかなかった。どんな危険《きけん》があろうとも、トーチャーを守らなければならなかった。というのは、ほとんどの人間は生きたドラゴンの存在《そんざい》に気づいていなかったし、S《エス》.A《エイ》.S《エス》.D《ディー》.もそのままにしておきたかった。どちらにしても、トーチャーはイグネイシャス・クルックに捕《とら》えられたことがあるので、トーチャーを再び奪《うば》われるような危険をおかしたくはなかった。

ぼくらはトーチャーを追いかけて、湖の横の曲がりくねった道を進んだ。やっと追いつきそうになったとき、トーチャーは土手を横切り、廃墟《はいきょ》となった城《しろ》に向かっていった。「待って！」アーチ形の入口に入っていこうとするトーチャーに向かって、ぼくは叫《さけ》んだ。そのとき上空に見えた光景に、ゾーッとした。頭上はるかに、3頭の黒ドラゴンが旋回《せんかい》していた。戦闘用《せんとうよう》に改良されたツングースドラゴンだった。見上げたベアトリスの顔からも、みるみる血の気がうせていった。たとえツングースドラゴンが今までぼくたちに気づいていなかったとしても、今度はまちがいなくぼくたちを見たはずだ。

やつらはこちらに向かって急降下《きゅうこうか》を始めた。ベアトリスはかけ出して、ぼくより2、3秒早く城の入口にたどり着いた。先頭のツングースドラゴンが爪《つめ》を広げてぼくを捕《つか》まえようとしたとき、首の周りに風がヒューッと通り抜《ぬ》けるのを感じた。ぼくが城の中に飛び込《こ》むと、ツングースドラゴンはくやしそうに外でうなり声をあげた。

ぼくは息を整えるのに数秒かかった。気がつくと、ドレイク博士とエラスムスが前に立ち、驚《おどろ》いた表情をしていた。その横にいたのは、フロストドラゴン！　寝室《しんしつ》の窓《まど》から見たやつだ。下腹部に2か所ひどい傷《きず》があったが、横柄《おうへい》な態度とうす灰色《はいいろ》の目でぼくたちを見下していた。もうすでにツングースドラゴンと一戦交えてきたのだろうか？

「大丈夫《だいじょうぶ》ですか？」ぼくはやっと声を出した。

ドレイク博士は手をあげて、上に目をやった。壊《こわ》れた城《しろ》には屋根がなく、頭上の灰色《はいいろ》の空を黒ドラゴンが旋回《せんかい》していた。

「やつらは大きすぎて、ここに入れないんだ。だから今は安全さ。ただ、ここにいつまでもいられるわけじゃない」とエラスムス。

「少なくとも、我々《われわれ》を攻撃《こうげき》できないうちは、こっちには考える時間があるということだ」ドレイク博士はベアトリスとぼくのほうを見て言った。

「どうしてここに来たのかね？」

「トーチャーを追いかけてきたんです。ロッジには両親がいませんでした。二人もフロストドラゴンを見たのだと思います。でも、博士がすでに知っているなんて思いもしませんでした」ぼくはあえぎながらも、一気に話した。

「両親には会っておらん。おまえたちと話しているときに、黒ドラゴンを見かけただけだ。そのあとで、ドレイク博士とわしは、兄弟のティンギを見つけた」

エラスムスが博士の代わりに答え、ティンギのほうに首を傾《かたむ》けた。

「おまえたちにとってラッキーなことに、ティンギは英語を話す。ちょっとさびついているがな。氷の島の向こう側に住む人間と、たまに会話をしていたんだ」

エラスムスは、立場が上のように見えるドラゴンのほうを向いて言った。

「ティンギ、こいつらはわしが教える人間の生徒で、ダニエルとベアトリス」

「プライシク・ボヤール！」ぼくは、ドラゴン式にあいさつをした。ベアトリスも同じようにした。

「プライシク・ホヤーリー。それじゃ、おまえたちはドラゴン語をいくつか知っているのか？　そいつは上等だ」ティンギがガラガラ声の英語で答えた。

「あなたはエラスムスの兄弟なんでしょ？」

「わしらは腹違《はらちが》いの兄弟なのさ」ベアトリスの問いかけに、エラスムスが横から答えた。

「ティンギはほかの親戚《しんせき》に起こったことを、ちょうど説明してくれていたんだ」

「ああっ！」ティンギは泣きだした。

「ひどい話だ。2か月前、わしは南の海でクジラを追いかけていた。北への渡《わた》りを始める前に食べだめする必要があったんだ。しかし、わしはけがをした……」

ぼくはティンギの下腹部を指さしながら、「それがそのときの傷《きず》？」と尋《たず》ねた。

ティンギは重々しくうなずいた。

「わしはザトウクジラを追いかけていた。しかし、オルカの群れが獲物《えもの》を争って、わしが海に飛び込《こ》んだときに不意打ちを食らわせたんだ。もちろん、ドラゴンにかなうはずがないし、わしは代わりにオルカを大いに食らってやった。ただ、傷を治すのに時間が必要だったので巣に戻《もど》ったんだが、そのときにはもう仲間のドラゴンが消えていたというわけさ」

「みんなどこへ行ったの？」ベアトリスの顔にはいたわりと心配の気持ちがあらわれていた。

「最初、みんなは北へ旅立ったと思った。でも、そうではないことはすぐにわかった。

仲間のにおいがほかのドラゴン族のにおいと入り混じっていた。でも一つだけ知らないにおいがあったんだ。そしてシルバー・ドラゴンのドラゴンの粉の痕跡《こんせき》があって、吸《す》い込《こ》んだらわしは眠《ねむ》くなってしまった」

「それでどうしたの？」ぼくはたたみかけた。

「わしは疲《つか》れと戦いながら仲間を探《さが》し続けた。2種類のにおいをたどっていったら、人間の女が、ドラゴンの粉と黒魔術《くろまじゅつ》によって奴隷《どれい》にしている大勢の黒ドラゴンを使って、わしの一族を征服《せいふく》しようとしているのを発見したんだ」

「アレクサンドラ・ゴリニチカね！」

「あの女のことを知っているのか？」ティンギはベアトリスを見つめ、話を続けた。

「あいつはわしの仲間のフロストドラゴンを海の真ん中の島に連れていって、監獄《かんごく》に入れていた。なぜだかは知らん。というのは、その島は、昼は黒ドラゴンでいっぱいで、夜は別の恐怖《きょうふ》があったんだ。巨大《きょだい》な羽をもつアンフィテールが情け容赦《ようしゃ》なくわしを追いかけてきた。わしは、一族を救い出すためには助けを呼《よ》ばなければならないと悟《さと》った。

それで兄弟を探《さが》しにきたんだ」

「そして、ツングースドラゴンも追いかけてきたのね?」ベアトリスはちらっと空を見上げながら言った。恐《おそ》ろしい黒い生き物がまだぼくたちの頭上を旋回《せんかい》していた。

「うまくまいたと思っていたんだが……。わしのにおいを追ってきたらしい」

ベアトリスは眉《まゆ》をしかめた。

「それじゃ、どうしてやつらはあなたをつかまえなかったの? どうしてフロストドラゴンを1匹逃《に》がしたのかしら?」

ドレイク博士がティンギのほうを向き、鋭《するど》い質問を浴びせた。

「おまえの跡《あと》をつけるために、わざと逃がしたんじゃないのか?」

ティンギは当惑《とうわく》したようだった。

「たぶんあなたがエラスムスのところに行くと考えたんじゃない?」とベアトリス。

「しかし、やつらはいったい全体、わしの兄弟に何の用があるというんだ?」

ティンギは信じられないというように首を振《ふ》った。

ドレイク博士が答えようとしたとき、頭上に衝撃音《しょうげきおん》が響《ひび》き、巨大《きょだい》な石が転げ落ちてきた。ベアトリスはとっさにぼくを突《つ》き飛ばした。その直後、ぼくたちが立っていたところが木端《こっぱ》みじんとなった。しかし、それだけで危機《きき》が去ったわけではなかった。いくつもの石が、廃墟《はいきょ》となった城《しろ》めがけて、吹《ふ》っ飛んできた。石はエラスムスの頭にぶつかり、トーチャーにも当たった。

生きた心地がしなかった。でも、ぼくが助けを求めようとする前に、トーチャーがすばやく立ち上がり、ツングースドラゴンに向かって叫《さけ》び声をあげた。ツングースドラゴンたちは気づかないようだった。

「こんな事態も見越《みこ》しておくべきだったな！　やつらはついに、我々《われわれ》を攻撃《こうげき》する方法を見つけたんだ」

ドレイク博士は、くやしそうに手を震《ふる》わせていた。

「アレクサンドラは私たちがここにいることを知ったにちがいないわ！　彼女《かのじょ》はドラゴンの治療薬《ちりょうやく》を私たちが発見したことを、認《みと》めようとしてないのよ」

ドレイク博士はベアトリスを落ち着かせようとした。

「アレクサンドラはきっと私の跡《あと》をつけてきたんだ。ティンギが兄弟のところに飛ぶことを許したのはそのためだったんだ。エラスムスがティンギの話を私に伝えることはわかっていたはずだ」

博士は少し間をおき、白ドラゴンのほうを向いて言った。

「エラスムス、人間とドラゴンの古代からの協定によって、私はおまえに子どもたちを守るように申しつける。ティンギ、エラスムスを助けてやってくれ。ベアトリスとダニエルをどんな危険《きけん》な目にもあわせてはならない」

博士は向きを変え、扉《とびら》のほうへ向かった。博士の重々しい言葉が続いた。

「城《しろ》は終わりだ。逃《に》げなければならない」

博士が土手道のほうへ歩きはじめると、石がもう一つ落ちてきた。ティンギがすばやく動いてさえぎった。今や、ツングースドラゴンがそこらじゅうにいるようだ。

「いったいどれくらいやつらはいるんだ?」ぼくが叫《さけ》ぼうとすると、戸口の上のアーチ

第３章　湖の中の城

がくずれ始めた。

「わからないわ！　でも、とにかくここを出なきゃ！」とベアトリス。

ぼくたちは戸口を抜《ぬ》けて走った。エラスムスとティンギはぼくたちの前にサッと舞《ま》い降《お》りた。でもぼくたちを助けようとする2頭に、ツングースドラゴンが立ちはだかった。山の中腹にある狩猟用《しゅりょうよう》のロッジが猛火《もうか》に包まれ、窓《まど》から黒い煙《けむり》が上がるのが見えた。

「お母さん！　お父さん！」

ぼくは叫《さけ》びながら、突進《とっしん》した。しかし、道をツングースドラゴンがふさいでいた。逃《に》げ道はなかった。視界《しかい》の中に凍《こお》った湖が見えたが、ドレイク博士は首を振《ふ》った。ぼくは目を大きく見開いてベアトリスを見た。これで終わりなんだろうか？

そのとき、大きなツングースドラゴンが、翼《つばさ》がほとんどぼくたちの顔に触《ふ》れるほど急《きゅう》降下《こうか》して、ドレイク博士を土手道からつり上げた。ぼくはハッとして身構えた。炎《ほのお》の一《いち》撃《げき》か、頭へのひと咬《か》みで、博士は一巻《いっかん》の終わりかと思われた。しかし、そのどちらでもなかった。ぼくが動きだそうとする前に、別の黒ドラゴンが泣き叫《さけ》ぶベアトリスをひっつかみ、連れ去った。すべて一瞬《いっしゅん》の出来事だった。今度はぼくも、腰《こし》の周りに爪《つめ》が食い込《こ》むのを感じた。恐怖《きょうふ》で体が硬直《こうちょく》したぼくを空高くつり上げた黒ドラゴンは、勝利の雄《お》叫《たけ》びをあげた。

次の瞬間《しゅんかん》、トーチャーがすばやく飛び上がり、ヤットコみたいなあごで黒ドラゴンの脚《あし》に咬《か》みついた。ツングースドラゴンは振《ふ》りほどこうとやっきになったが、トーチャーは絶対に離《はな》れまいとしていた。そのとき気がついた。ぼくを捕《つか》まえたやつがトーチャーを振りほどくためにぼくを殺そうとしないのは、アレクサンドラがぼくたちを生けどりにしようとしているからなんだ！

トーチャーがぼくの横に這《は》いあがってきたちょうどそのとき、ティンギが湖に落ちて大しぶきをあげたのが見えた。エラスムスはまだ、ツングースドラゴンの咬みつきと爪攻撃《こうげき》と勇敢《ゆうかん》に戦っていた。ぼくは目に涙《なみだ》があふれた。ツングースドラゴンのかぎ爪につかまれたぼくは、寒さと恐《おそ》ろしさでいっぱいだった。

数キロメートル進んだところで、ツングースドラゴンは、標高の高いテーブル型の山に向きを変えた。そこでぼくたちを待っていたのは、3頭の巨大《きょだい》なツングースドラゴンと操縦士《そうじゅうし》だった。後ろには大きな鳥かごがあった。やつらの横に、うす汚《よご》れた黒いコートをまとった男が立っていた。近づくにつれて、ぼくは恐《おそ》ろしさで身震《みぶる》いした。忘《わす》れるはずがなかった。アレクサンドラ・ゴリニチカの代理人、冷酷《れいこく》で無慈悲《むじひ》な男、シャドウェルだ。ぼくたちがそこに着こうとしたとき、トーチャーがとび下り、男に突進《とっしん》していった。しかし、シャドウェルは落ち着いてコートをひるがえし、中からピストルを取り出すと、すばやく構え、トーチャーに真っすぐ照準を定めた。

「トーチャー、やめて！」ドレイク博士と先に着いていたベアトリスが叫《さけ》んだ。

「たいした娘だな」シャドウェルはベアトリスを横目で見て、ピストルをしっかり構えながら、ひどいロンドンなまりで言った。

「私たちの両親をどうしたの？」ベアトリスはトーチャーの前に進みでると、勇敢《ゆうかん》に問いただした。

シャドウェルはあざけるように眉《まゆ》を上げながら言った。

「それはまた、何か起きたとでも言うのかい？　残ったおまえたちに何も危害《きがい》がおよばなかったのは、幸いだったな」

「卑劣《ひれつ》なやつだ！」ぼくがこぶしを振《ふ》り上げようとすると、ドレイク博士が押《お》しとめた。

「私たちを解放するんだ、シャドウェル。金が欲《ほ》しいのなら、いくらでも払《はら》ってやるぞ」

「そんなことはできないことは、わかっているだろう」

「それじゃ、ベアトリスとダニエルだけでも……。おまえの女主人が必要としているのは、私じゃないのか？　彼女《かのじょ》は子どもたちに用はないはずだ」

シャドウェルは指をパチンと鳴らし、歯をむき出しにして答えた。

「おれが受けた命令は、あんたと二人の子どもたちを連れていくことさ。赤ん坊《ぼう》ドラゴンについては何も言われていない。さあ、いさぎよく鳥かごに入るんだ。ゴリニチカ様に、この赤ん坊ドラゴンをどうするかも決めてもらおう」

第4章　失われたドラゴンの島

危険《きけん》な場面に突然《とつぜん》放り込《こ》まれ、厳《きび》しい状況《じょうきょう》の中で九死に一生を得るような経験は、自分たちの勇気を試したいドラゴン学者にとって望むところだ。

――アーネスト・ドレイク博士著『ドラゴンとの生活の思い出』１９１９年

一日じゅう海の上を飛んだあと、鳥かごの網《あみ》ごしに島が一つ見えてきた。それほど大きくない島で、たぶん長さも幅《はば》も16キロメートルほどだろう。中央の活火山から、白い煙《けむり》が止むことなく流れ出ていた。飛んでいる間、ドラゴンの操縦士《そうじゅうし》が2回ほど、ドラゴンの首のまわりをそろりそろりと鳥かごまで伝ってきて、ぼくたちに食べ物と水をくれた。ぼくたちを生かしておくためだ。でも、それ以外は、ぼくたちはまったくほったらかしだった。どこを飛んでいるかまったくわからなかったが、太陽が左手から昇《のぼ》り、だんだんと暖かくなってきた。明らかに、ぼくたちは南に向かって飛んでいた。

トーチャーは最初、しばられたロープを振《ふ》りほどこうとしていた。しかし自由になれないことがわかると、飛行中ずっと寝《ね》ていた。来たるべき戦いに備えて力を蓄《たくわ》えていたのだろう。ぼくは眠《ねむ》れなかったので、頭をフル回転させて考え続けていた。ベアトリスとドレイク博士を守らなきゃならない。それに、両親に何が起こったかも探《さぐ》らなきゃならない。そのためには、なんとか逃《に》げなきゃ。

「トーチャー！」呼《よ》びかけると、トーチャーは目を開いた。

「歯を見せてくれないか？」

最初、彼《かれ》は何を言われたのかわからないようだった。ぼくが歯をニッとむき出しにすると、やっとわかったようだった。トーチャーはあごをしばられていたので、それほど口を大きく開けることはできなかった。でも十分だった。ぼくはロープをつかむと、自分の腕《うで》に結んでからトーチャーの鋭《するど》い歯にも結びつけた。ぼくはにんまりとし、ロープを下に落とした。ぼくは静かにかごの扉《とびら》を確かめた。鍵《かぎ》はかかっていなかった。

「行かなきゃならない」そう言いながら、ぼくはトーチャーに海を指さして見せた。ツングースドラゴンは海面すれすれを飛んでいた。それでも落ちたら恐《おそ》ろしいことになるし、海面近くにとがった岩やサンゴがあるかどうかも、全然わからなかった。

ぼくはちょっと躊躇《ちゅうちょ》した。危険《きけん》をおかすべきだろうか？　ちょうどそのとき、ドラゴンの操縦士《そうじゅうし》がぼくの決心をあと押《お》ししてくれた。彼《かれ》は振《ふ》り向くと、トーチャーとぼくが何かたくらんでいるのに気づき、ののしりはじめた。

「行け！」ぼくは赤ん坊《ぼう》ドラゴンに向かって叫《さけ》び、目をギュッとつぶって鳥かごから飛び降《お》りた。それは今まででいちばん恐ろしい落下だった。バッシャーンとはねた水をしこたま飲み、ゴボゴボとした泡《あわ》の中で水中深くもぐってしまった。でも、生きていた。思いっきり水をけって水面に顔を出すと、ゴホゴホせき込《こ》みながら近くの海岸までなんとか泳ぎつけそうだった。上空には、黒いツングースドラゴンが翼《つばさ》をはためかせながら執拗《しつよう》に旋回《せんかい》していた。でも、そいつは大きすぎてすばやく動けなかったし、鳥かごが背《せ》中《なか》に取りつけられていたので、ぼくたちを海からつまみ上げることなどできなかった。

ところが、こんどは別の問題が起きた。

「トーチャー！　トーチャー、どこにいるんだ？」ぼくは大声で呼《よ》んだ。

ぼくはあわてた。赤ん坊《ぼう》ドラゴンはどこにも見えない。もしかしたら泳げないのだろうか？　そんなこと考えたこともなかった。勇敢《ゆうかん》な赤ん坊ドラゴンが海の底深くに沈《しず》んでいるイメージがわいてきた。絶望的な気持ちで、ぼくはあたりの水面をめちゃくちゃたたいて見つけようとした。ところがそうしているうちに、島から飛び立とうとしていたツングースドラゴンの一団に見つかってしまった。水の流れがぼくを近場の岩のほうに運ぼうとしていた。ぼくはなんとか間に合うように祈《いの》り、深く息を吸《す》って水にもぐった。肺《はい》が破裂《はれつ》しそうだったが、やっと、ギザギザしたフジツボに手が届《とど》き、頭をもたげて空気を吸うことができた。ドラゴンたちはすぐ近くにいたが、やつらが探《さが》しているのは、ぼくがついさっきまでいたあたりだった。ぼくは岩かげに身をひそめ、頭だけを海面に出すようにした。

黒ドラゴンがぐっと近寄ってきた。いくら希望を持とうとしても、見つけられるのは時間の問題のようだった。突然《とつぜん》1頭の黒ドラゴンが水面にある何かに向かって炎《ほのお》を吐《は》き、爪《つめ》でそれをつかみ上げたかと思うと、不愉快《ふゆかい》そうに投げ捨《す》てた。それはただの棒《ぼう》きれだった。ぼくがひそんでいた岩の隣《となり》に別の黒ドラゴンが降《お》り立ったとき、ぼくはすばやく水中に身を沈《しず》め、息を止めた。そいつはくぐもったようなうなり声をあげると、すっと飛び立ち、大きな円を描《えが》いて飛びまわりはじめた。どうやら助かったようだ。でも、トーチャーはまだ見当たらなかった。

＊

ツングースドラゴンが探《さが》すのをあきらめて、ぼくが海岸までの短い距離《きょり》を泳げるようになるまでに、かれこれ1時間ほどかかった。立ち泳ぎを続けていたおかげでぼくは疲《つか》れ切って、骨《ほね》まで凍《こご》えていた。ぼくは岩の上に倒《たお》れ込《こ》んだが、頭の中は黒ドラゴンがいつ戻《もど》ってくるかわからないという恐《おそ》れでいっぱいだった。海岸の背後《はいご》には黒い崖《がけ》がぬっとした姿《すがた》を見せていた。するどく突《つ》き出た岩を見上げると、そこを登ることなど到底《とうてい》不可能に思えた。海岸を見すかしてみると、崖が海に真っすぐ落ち込《こ》んでいるのがわかった。ぼくはやっとの思いで体を持ち上げると、逆の方向を目指して進みだした。

ずぶぬれの服と疲《つか》れ切った脚《あし》のために、何度も立ち止まった。でも、40、50分ほど進んだところで、ドラゴンが通った跡《あと》が水際《みずぎわ》から始まり、海岸に沿《そ》って続いているのを見つけた。崖のふもとの岩のあたりで消えていたその跡は、ツングースドラゴンにしては小さすぎた。トーチャーがなんとか泳ぎ切ったのだろうか？　がぜん、希望がわいてきた。トーチャーの名まえを叫《さけ》びたかったが、ツングースドラゴンに聞かれるかもしれない危険《きけん》をおかしたくなかった。足跡がトーチャーのものなら、少なくともぼくたちは同じ方向に向かって進んでいると考えて、自分自身をなぐさめた。あわよくばトーチャーがこの先でぼくを待っていてくれるかもしれない！

ぼくは精力的に進みだした。しかしあまり進まないうちに、潮《しお》が満ちてきて、細長い海岸が急激《きゅうげき》にせばまってきた。上に登らなければならない！

大きな石によじ登ろうとしたとき、それまでに経験したことのないほど、奇妙《きみょう》で、強烈《きょうれつ》な刺激臭《しげきしゅう》をかいで、あやうく倒《たお》れそうになった。崖《がけ》に近寄れば近寄るほどにおいはひどくなってきた。やっとのことで、海岸線から1メートルだけ上の岩の裂《さ》け目に、黒々としたほら穴《あな》の入口があるのを見つけた。

波がくるぶしまで打ちよせてきたので、ほら穴の先に進むしかなかった。しかし、ほら穴に着いたという安堵《あんど》の思いは、すぐに恐怖《きょうふ》にとって変わった。入口にうず高く積み上げられた骨《ほね》！　それも、人間のもの⁉　ぼくは歯を食いしばって見ないようにした。服のえりを鼻まで引っぱりあげ、悪臭《あくしゅう》を防ぎながらほら穴の奥《おく》深くへと進んだ。暗闇《くらやみ》でほとんど何も見えなかったが、何か動くものが確かにいた。ぼくはその場に立ちすくみ、目をこらした。心臓《しんぞう》が口から飛びだしそうだった。

＊

ついに見つけた。ほら穴《あな》の一角に座《すわ》り、楽しそうに頭を振《ふ》っているのは、まぎれもなくトーチャーだった！　ぼくはホッとして泣きだしそうになったが、すぐに我《われ》に返った。ほかに何かがいる！　恐怖《きょうふ》がよみがえり、体じゅうに鳥肌《とりはだ》が立った。視界《しかい》がはっきりしてくると、巨大《きょだい》な生き物の輪郭《りんかく》がじょじょに見えてきた。そいつはまさしくほら穴の床《ゆか》一面を覆《おお》っていた。その途方《とほう》もない生き物は、とぐろを巻《ま》き、ヘビのような体と、羽毛のついた大きな頭を持っていた。ゆるくたたまれた大きな翼《つばさ》でキラキラ光る金銀の宝石《ほうせき》の山を包みこみ、とぐろになった背骨《せぼね》を規則正しく上下させていた。その翼で、それがアンフィテールだということがわかった。幸運にも、そいつは眠《ねむ》っていた！

トーチャーは、暗闇《くらやみ》でむじゃきにまばたきしているようすを見ると、巨大ドラゴンがそばにいることにまだ気づいていないようだった。

「トーチャー！」ぼくはできる限り声をおさえながらトーチャーに呼《よ》びかけた。

赤ん坊《ぼう》ドラゴンは立ち上がり、ぼくのほうを見た。

「トーチャー、こっちに来るんだ！」

彼《かれ》はぼくに気づいたが、幸いなことに声を出したりすることはなかった。そして、そっと静かに歩き、積みあげられた骨《ほね》の中に立った。

「こっちだ!」ぼくはトーチャーのほうへ手を伸《の》ばした。ところが彼は海のほうに視線《しせん》を向け、落ち着かないようすを見せた。

「できるさ、トーチャー。泳げるよ!」

トーチャーは不安そうなそぶりを見せたかと思うと、いきなり前かがみになり、ぼくの上着のそでを咬《か》んで引きよせ、ほら穴《あな》の奥《おく》に引っぱっていこうとした。

「だめだ、トーチャー。外に行くんだ!」

ぼくは腕《うで》を振《ふ》りほどこうとしたが、思いのほかトーチャーの力は強くなっていた。

「行こう、トーチャー!」ぼくは反対の腕《うで》で骨の山と、そして、眠《ねむ》っているドラゴンを指し示した。「悪い、ドラゴン、いる! やつは人間を食べるんだ」

ぼくは指を左右に振りながら、なんとか伝えようとした。

しかしトーチャーはやめなかった。眠っているアンフィテールの向こうのほうに、弱い光が差し込《こ》んでいた。トーチャーは、外に出るための別の道を教えようとしているのだろうか？　赤ん坊《ぼう》ドラゴンはぼくを先導して、向こう側に行こうとしていた。ぼくは不安だったが、トーチャーについて、つま先立ってほら穴《あな》の裏側《うらがわ》のほうに向かった。

眠《ねむ》っているアンフィテールとほら穴の壁《かべ》との間はほんのわずかだった。そばに近づくと、大ドラゴンの熱い息が顔にかかった。悪臭《あくしゅう》にはもう慣れたが、突然《とつぜん》大ドラゴンが大きないびきをかきはじめたので、ぼくは思わず両手で耳をふさいだ。巨大《きょだい》な生き物に気づかれないように脇《わき》を通りぬけ、上のほうが岩でふさがれている階段《かいだん》の入口のところを見つめた。もしアンフィテールが目をさましたとしても、そこはあいつにはせますぎるはずだ。ぼくは一段ずつ階段を上がった。ところが、何かが行く手をはばんだ。羽毛がはえた巨大なしっぽだった。ぼくはあわてて振《ふ》り向いた。二つの緑色の目が怒《いか》りに燃えてぼくをにらみつけていた。アンフィテールはすっかり目覚め、訳《わけ》のわからない言葉でグチャグチャ話しはじめた。すると、今度は大きくはっきりした英語が聞こえてきた。

「動くな！　何の用か説明しろ、よそ者！　さもないとバラバラにしてやるぞ！」

第5章　コア

笑わせ、泣かせ、そして語らせるのだ。住みかで眠《ねむ》っているドラゴンを目覚めさせようとした愚《おろ》か者のための知恵《ちえ》の言葉を。

——アーネスト・ドレイク博士著『ドラゴンとの生活の思い出』１９１９年

すべてを破壊《はかい》するような強靭《きょうじん》な筋肉《きんにく》がとぐろを巻《ま》いているところに出くわし、骨《ほね》を砕《くだ》かんばかりの歯ぎしりの音を聞き、人の体をこげた肉片《にくへん》にしようとするかのような熱い息を感じて、やっとぼくはドラゴンに追いつめられたことを理解した。恐怖《きょうふ》でかたまったぼくは、考える余裕《よゆう》などなかった。トーチャーが化け物の羽毛のついたしっぽから抜《ぬ》け出そうとして体をくねらせる光景だけが、かろうじてぼくを落ち着かせてくれた。くじけそうだったが、ベアトリスとドレイク博士を見つけるためには、ぼくは生きのびなきゃならない！

「プライシク・ボヤール！」ぼくは怒鳴《どな》るように声を張りあげ、低くおじぎをした。アンフィテールはいったん目を見開き、次には細くせばめた。

「ドラゴン語を話せるからといって、おまえが許されたり、味方だと認《みと》められたりすることはない」アンフィテールはガラガラした声で言った。

「招かれもしないのに、どうしてわしの巣に入り込《こ》んだ？」

「ぼくはドラゴンの友だちだ。名まえはダニエル」

「友だちだと？　そんなことを信じられるか！」

「満ちてくる潮《しお》から逃《に》げて、仲間についてきたんだ。あなたの許可を求めるべきだったし、その点は申し訳《わけ》ない。もしよければ、謎《なぞ》かけをさせてもらえないだろうか」

「なぜそんなことを？　わしは見返りとして何もやらんぞ」

ぼくはほら穴《あな》の入口近くにあった化け物の戦利品をチラッと見た。

「ぼくの命と仲間の命をかけるんだ」

アンフィテールは、気を取り直してトーチャーのほうを見た。

「仲間？　この赤ん坊《ぼう》ドラゴンのことを言っているのか？」

「そうだ。名まえはトーチャー」

「トーチャーは、わしには何の危険《きけん》もない。ところが人間は、わしが眠《ねむ》っている間に巣にこっそり入りこもうとする」続きを言う前に、ドラゴンはひと息ついた。

「わしの名まえはコア。あの失われた一族の最後の生き残りだ。わしは人間に親しみを感じちゃいないし、おまえの謎《なぞ》かけなんかに興味はない。おまえは、招かれもせずにわしの巣に入り込《こ》んだ最初の人間じゃない」

ぼくは、床《ゆか》に散らばった骨《ほね》にもう一度目をやって、恐《おそ》ろしさで身震《みぶる》いした。あれは、ほかのドラゴン学者たちの遺骨《いこつ》だというのか？　今度はもっと注意して見てみると、それは大人のものではないことがわかった。このドラゴンは子どもを食べたのか？　ぼくは心臓《しんぞう》のあたりを握《にぎ》りこぶしでおさえながら、ほら穴《あな》に入り込《こ》むなどというとんでもないしくじりをしたことをのろった。

ふと、首にかけていたドラゴンの呼《よ》び笛の冷たい金属に触《ふ》れ、もしかしたら助かるかもしれないという望みがわいてきた。イギリスだったら、呼び笛を使えばどんなドラゴンにも命令することができる。しかしこの島では、どんな助けが――あればの話だが――得られるか見当もつかなかった。でも、それが頼《たの》みの綱《つな》だった。

「見て！」呼び笛を突《つ》きだしてぼくは言った。

「これがぼくの宝物《たからもの》さ。さあ、ぼくを行かせるんだ」

コアが確かめるようにかがみ込《こ》むと、熱い刺激臭《しげきしゅう》がぼくの顔にかかった。

「おもしろいおもちゃだ。しかし、わしがこんなつまらないものをおまえの命と交換《こうかん》するなんて、ほんとうに信じているのか？」ドラゴンの呼び笛を見て動揺《どうよう》したかもしれないが、そいつはそぶりにも見せなかった。

突然《とつぜん》、恐《おそ》ろしさに震《ふる》えながらも、ぼくは怒《いか》りに似た思いにかられた。

「おまえは理解していないようだ。これはおもちゃなんかじゃない。中国の宏偉寺《ホンウェイじ》の老《ろう》師《し》がくれた、ドラゴンの呼び笛だ。ぼくのいちばん大切なものだ」

大ドラゴンはとさかのついた頭を後ろに振《ふ》った。

「フンッ、ドラゴンの呼《よ》び笛を手に入れたかったら、おまえを殺したあとで手に入れるまでだ」やつのガラガラ声は、気味が悪く恐《おそ》ろしかったが、ぼくは一歩も引かずにいた。

「少なくとも、おまえに勇気があるのは認《みと》めてやろう。ほとんどの人間はわしを見ただけで、ひざからくずれ落ち、恐ろしさで泣きだした」

ぼくはコアを正面から見すえた。

「言ったはずだ。ぼくはドラゴンの友だちだ。おまえがぼくを行かせてくれたら、ぼくはおまえに二度と会わないと約束する。しかし、ぼくを行かせないというんだったら、早く決めてくれ。それと、この赤ん坊《ぼう》ドラゴンは助けてほしい」

「よろしい、行かせてやろう」コアはため息まじりに言うと、少しの間考えていた。

「この島をすぐに出て行くんだ。万が一戻《もど》ってきたら、おまえは命を失うことになる」

コアはそう言うと、トンネルをふさいでいたしっぽを持ち上げた。ぼくは急いで通り過ぎて、安全な場所へと向かった。

＊

ぼんやりとした光がだんだん明るくなってきた。ぼくはトーチャーと石の階段《かいだん》を上り、せまいトンネルを急いだ。その壁《かべ》は、アンフィテールと奇妙《きみょう》な円錐形《えんすいけい》の帽子《ぼうし》に長いガウンをまとった男女を描いた幻想的《げんそうてき》な彫刻《ちょうこく》で埋《う》めつくされていた。ドラゴンと平和に共存《きょうぞん》しているようなこの絵の人たちは、いったいだれなんだろうか？

日の光が頭上からわずかにそそぐのに気づいたぼくは、逃《に》げたい一心で、自然と足早になっていた。ところが、脱出《だっしゅつ》しようとした直前に、トンネルの床《ゆか》が大きく揺《ゆ》れ、地面に投げだされた。激《はげ》しい爆発《ばくはつ》が連続し、地中深くで雷《かみなり》のような音がこだましていた。そして、それにこたえるかのようにコアが怒《いか》りの咆哮《ほうこう》をあげていた。アンフィテールからやっと逃げだしたというのに、今度は地震《じしん》で死んでしまうのだろうか？

周囲の岩がくずれはじめた。ぼくは手足を血だらけにしながら、這《は》うようにして岩をよじ登った。ガラガラ音がますますひどくなり、当たりどころが悪ければ岩につぶされて、一巻《いっかん》の終わりかもしれない！　ぼくは思わず頭を覆《おお》った。ところが爆発《ばくはつ》は、始まったときと同じように突然《とつぜん》終わり、トンネル内には再び静寂《せいじゃく》が戻《もど》った。ぼくは這《は》い続け、フラフラになりながら、やっと出口に到達《とうたつ》した。自分の体を引っぱりだしたが、疲れ切《つか》っていた。突然の日の光にまばたきしながら、周りを確かめた。ぼくは崖《がけ》に開いた穴《あな》を通って、トンネルを脱出《だっしゅつ》したようだ。海面からは30メートルほど上ったところだった。

トーチャーはどこにも見当たらなかった。海に落ちてしまったのかと心配になった。そのとき聞き覚えのあるうなり声が聞こえ、見上げてみたら、トーチャーがぼくの2、3メートル上にいて、崖にしがみついていた。ぼくは岩の表面に小さな手がかりと足場を見つけ、トーチャーについて登りはじめた。

やっと周囲が見渡《みわた》せる場所に立った。ただ、旋回《せんかい》する黒ドラゴンがぼくたちを見つけるのもたやすいはずだ。ふと見ると、黒ドラゴンの一団が遠くからこの島を目指して飛んできていた。まだぼくに気づいていないようだ。でも時間の問題だろう。ぼくは、トーチャーが待っている場所まで急いで登った。

「いい子だ、トーチャー。まさに九死に一生ものだったね」

さて、次にどうするかを決めなくちゃならない。まず、島の中をさらに進んで、コアからできるだけ離《はな》れることだ。火山から上る噴煙《ふんえん》の柱が太くなり、そのてっぺんのところにドラゴンたちが旋回《せんかい》しているのが見えた。人間がいた痕跡《こんせき》は何もなく、ドレイク博士とベアトリスがどこにいるのか、まるでわからなかった。トーチャーに目をやると、少し前であたりを探《さぐ》っていた。突然《とつぜん》トーチャーは硬直《こうちょく》し、ネコが怒《おこ》ったときのように背《せ》中《なか》を丸めた。

トーチャーに近づくと、遠くから音が聞こえてきた。バタンという大きな音と叫《さけ》び声だ。あれは人間の声だろうか？　そしてさらに大きなガラガラ音が聞こえてきた。それはまるで、崖《がけ》そのものがくずれ始めたような音で、ほら穴《あな》で感じた地震《じしん》のようでもあった。目の前には険《けわ》しい坂があった。音はどうも別の方向から来ているようだった。トーチャーを脇《わき》に従《したが》えながら、ぼくは坂を一気に登り、尾根の頂上《ちょうじょう》に達した。

＊

どんなに夢見《ゆめ》がちな人間でも、そこで出くわした光景を想像することなんてできやしないだろう。目の前の大きなくぼ地では黒ドラゴンとフロストドラゴンがひしめき、それがみんな鎖《くさり》でつながれていた。大勢の男たちがその中に群がり、シャベルで石をすくい、手押《てお》し車に積み込《こ》んでいた。1頭の黒ドラゴンが岩に足をかけ、口から炎《ほのお》を吐《は》きだしたのが見えた。さらに、フロストドラゴンがそいつに続いて岩に上がり、さっきとちょうど同じ場所を目がけて氷のひと吹《ふ》きを浴びせた。すると、岩はこなごなになって地面にくずれ落ちた。フロストドラゴンに起きた謎《なぞ》の真相はこれだったんだ！

アレクサンドラはドラゴンたちを奴隷《どれい》にし、働かせていた。でも、いったい全体この作業は何だろう？　そのとき、トーチャーが押し殺したようなうなり声をあげた。ぼくはトーチャーのほうを向いてシーッと言いながら、視界《しかい》の中で、見慣れた姿《すがた》が岩の間に消えるのに気がついた。

「フリッツ！」ぼくはため息をもらした。

ドワーフドラゴンのフリッツはアレクサンドラ・ゴリニチカのペットで、邪悪《じゃあく》な生き物だ。その姿《すがた》を見て、ぼくたちはまちがいなく見つかったとわかった。

逃《に》げだそうとしたが、万事休《ばんじきゅう》す！　武装《ぶそう》した男たちがやって来た。隊長らしき男が近づき、ぼくの髪《かみ》の毛をつかむと、頭を後ろにグイと引いて押《お》さえ込《こ》んだ。もう一人がトーチャーに網《あみ》をかぶせた。トーチャーはもがいたが、それも無駄《むだ》だった。

「口を開けろ！」最初の男が命じた。その話し方にはロシアなまりが感じられた。

そいつが小さくてふたのない瓶《びん》を持ち上げるのを見て、ぼくは恐《おそ》ろしさで震《ふる》えた。

「口を開けるんだ！」

ぼくは口をかたく結んでいた。しかし仲間の一人がぼくに覆《おお》いかぶさってきて、ぼくの鼻の穴《あな》を油っぽい指でふさいだ。さらに汚《きたな》い親指を口の横からこじ入れ、無理やり口を開けた。ぼくは吐《は》き気《き》をもよおしながら、頭を振《ふ》ってほどこうとした。

「逃《に》げたいだろう、あん？」瓶を持った男が言った。

「逃《に》げられるもんならやってみろ！」と言うと、冷たくあざ笑いながら、苦い液をぼくののどに流し込《こ》んだ。液がのどを通ったのを感じたのとほとんど同時に、ぼくはひざからくずれ、視界《しかい》が暗くなった。

第６章　大惨事《だいさんじ》

最も破壊的《はかいてき》な種《しゅ》について研究することを自分の課題としている在野《ざいや》のドラゴン学者は、破滅《はめつ》が差し迫《せま》っている現実に鈍感《どんかん》になるものだ。

――アーネスト・ドレイク博士著『ドラゴンとの生活の思い出』１９１９年

薬がさめてハッと目覚めると、そこはほら穴《あな》の中だった。ベアトリスとドレイク博士が心配そうにぼくの顔をのぞき込《こ》んでいるのに気がついたときの驚《おどろ》きと喜びは、言葉にすることができないほどだった。ベアトリスの目はぬれて赤かった。ここに着くまでにどれほどの冒険《ぼうけん》をしてきたのだろう。

「ここはどこ？　二人とも無事だったんだ？」

「ええ、ダニエル。あなたが無事だったのを感謝しなくてはならないわ」

ベアトリスはぼくの手をにぎりながら言った。

「やつらは、あなたがおぼれ死んだと言ったのよ。何をしようとしているかはわからないけれど、今のところ無事よ。トーチャーはどこ？　いったい何があったの？」

「トーチャーはここに連れてこられなかった？」

「いいや。やつらが君を運んできたとき、君は寝《ね》ぼけて、トーチャーとか、コアとかいう名まえをつぶやいていた」

「ぼくは眠《ねむ》り薬を飲まされたんだ。ドレイク博士が説明してくれた。

「ここに来てからかれこれ1日になるよ」

「1日⁉」ぼくはサッと立ち上がった。

「ダニエル、落ち着いて。何か悪いことでも？」ベアトリスが尋《たず》ねた。

「ぼくは逃《に》げようとしたんだ。トーチャーと一緒《いっしょ》に海に飛び込《こ》んで……」ぼくは、だれもいないか、あたりを見回した。

「フロストドラゴンに起きたことがわかったんだ！」

これまでのことをベアトリスとドレイク博士に詳《くわ》しく話すと、二人はさらに目を丸くした。島を出ていくようにコアがぼくに命じたことと、トーチャーとぼくがどのように捕《つか》まったかも説明した。

「一つ理解できないことがあるの。アレクサンドラがドラゴンを奴隷《どれい》としているなら、どうして１頭だけ、ドラゴンが島をうろつくのを許しているの？」

「たぶん、コアは協力者なのかもしれない」ぼくの推測《すいそく》だ。

「そうね、でもそれなら、あなたをやつらに引き渡したんじゃないの？　それに、アレクサンドラはなぜドラゴンたちに岩をくずさせていたの？」

「何かを探《さが》しているんだろう」ドレイク博士が言った。

「うん。そんなに面倒《めんどう》なことをしているのは、何か大切なものを探しているのにちがいないよ」

「ゴリニチカは我々《われわれ》の助けが必要なのだろう。そうでなければ、我々をここに連れてきた理由が見当たらない」ドレイク博士は眉《まゆ》をひそめた。

「私たちの助け？」ベアトリスはおずおずと尋《たず》ねた。

「そうだ。待てよ……そうか、ここがどこだかやっとわかったぞ。アレクサンドラは、伝説の失われたドラゴンの島を見つけたんだ！」

「それって、イグネイシャス・クルックがバシリスクに使った魔法《まほう》の杖《つえ》を見つけたところのこと？」ベアトリスはおびえていた。

ドレイク博士はうなずき、口ひげをなでつけた。

「例の『リベル・ドラコニス』には、失われた大陸アトランティスの一部として島が描かれているんだ。君たちも学校で習ったと思うが、アトランティスは恐《おそ》ろしい大変動のあとで海に沈《しず》んだといわれている。しかし『リベル・ドラコニス』によれば、一つだけ残った島に、アンフィテールの優《すぐ》れた一族が住みついたんだ」

「優れたって、何が優れているの？」ぼくは尋ねた。

「アンフィテールはずばぬけた特質を多く持っている。最初は、人間に対してとても友好的で、火山のふもとにつくられたドラゴンの町に住んでいたんだ」

「ドラゴンの町ですって！」ベアトリスはすぐには信じられなかった。しかし、ドレイク博士の大まじめな表情を見れば、疑《うたが》いようがなかった。

「そうだ、それがアレクサンドラが探《さが》しているものだよ！」ぼくは叫《さけ》びながら、コアの巣へと続くトンネル内の彫刻《ちょうこく》を思い出していた。

「でも、ここにバシリスク用の魔法《まほう》の杖《つえ》があったということは、ここにバシリスクがいるってこと？」

「必ずしもそうではないんだ、ダニエル。魔法の杖は、この島を訪《おとず》れた者が持ち込《こ》んだのかもしれない。ヴァイキングがここにいたことは確実だし、ベアトリス・クロークも訪問《ほうもん》したと言われている」

「ベアトリス・クローク？　あのS.A.S.D.《エスエイエスディー》の創設者《そうせつしゃ》の？　彼女《かのじょ》がここに？」

ドレイク博士はポケットから、太い金の鎖《くさり》がついた大きな宝石《ほうせき》を引っぱりだした。宝石には彼《かれ》自身の像が浮《う》かび上がっていて、まるでこの世のものとは思えなかった。ドラゴン・アイといわれる、ドラゴン・マスターの証明となる宝石だった。

「ドラゴンの町はアレクサンドラの最終目的ではないかもしれない。……そろそろ君たちに一つ言っておかなきゃならないな」

「ドラゴン・アイについて?」とベアトリス。

「そのことではない。しかしそれは、S.《エス》A.《エイ》S.《エス》D.《ディー》の宝物《たからもの》に関係することで、ドラゴン・アイも重要な位置を占《し》めていることはまちがいない」

博士は少し間をおき、ぼくたちの注意を促《うなが》した。

「宝物《たからもの》を見つけるための手がかりを、エベニーザー・クルックがわしにくれたんだ。それは墓石の謎《なぞ》を解く手がかりで、ベアトリス・クロークが解明したものだ。エベニーザーからは、小さなドラゴンの皮に書かれた別のメッセージも送られてきた。うすれかけていたが、なんとか読むことができたよ」

「何と書かれていたの?」ベアトリスが尋《たず》ねた。

「『13番目の宝《たから》に用心しろ』とあった」

「13番目の宝! でも、確か宝は12個しかなかったよ」

ドレイク博士が答える前に、武器を持った男が二人、ほら穴《あな》の中に入ってきた。シャドウェルがそれに続いた。

「目が覚めたようだな、ダニエル？　それじゃあ外に出ていい空気でも吸《す》ったらどうだ」

シャドウェルが男たちにあごで指図すると、一人が鍵束《かぎたば》を取り出し、部屋の鍵を開けた。

「こんなところにいたら、空気がよどんでしまうでしょ」シャドウェルにも聞こえるような声で、ベアトリスがつぶやいた。シャドウェルはコートからピストルを取り出すと、ぼくに照準を定めた。

「どうかその口をつぐんでくれませんかね、お嬢《じょう》さん。それとダニエル、ゴリニチカ様は、おまえに情けをもって接してきたと言っておられる。でも、これ以上逃《に》げようとしたら、許してくださらないだろうよ。わかったか？」

「私たちを彼女《かのじょ》に引き会わせるのか？」ドレイク博士が尋《たず》ねた。

「子どもたちは連れていくさ。おまえは命令があるまでここに残るんだ」

「しかし、子どもたちでは役に立たんぞ。彼女を助けられるのは私だけのはずだ」

シャドウェルは肩《かた》をすくめ、ピストルを振《ふ》って、ベアトリスとぼくに鉄の扉《とびら》から出るように促《うなが》した。ぼくは姉さんの手をギュッと握《にぎ》った。ベアトリスがぼくと同じことを考えているのはわかっていた。ドレイク博士抜《ぬ》きでどのようにゴリニチカに対面したらよいか、ということだ。

外に出ると、日の光がまぶしくて目を開けられなかった。そこは火山の頂上《ちょうじょう》に続く尾根で、両側は急な崖《がけ》になっていた。逃《に》げられる可能性はなかった。2頭の黒ドラゴンがすぐ近くにとまっていて、急こう配の小道を進むぼくたちに影《かげ》を落としていた。恐《おそ》る恐る下を見たら、岩がむき出しになったところの奥《おく》に、ぼくらについて来ようとしてコソコソ動き回る何かに気がついた。

「フリッツ！」ぼくは吐《は》きだすように言った。

突然《とつぜん》、島全体が揺《ゆ》れはじめた。爆発音《ばくはつおん》が3度、火山の深いところでさく裂《れつ》した。ぼくの後ろでよろめいたシャドウェルは、うすら笑いから恐れであえぐ表情に変わっていた。ぼくも動揺《どうよう》していたが、この揺《ゆ》れでシャドウェルがぼくに向けているピストルの引き金を引き損じるかもしれないことに気がついた。下では、くずれた岩がジャングルのほうに転がっていった。そのうちの一つでもフリッツに当たってくれたらいいのに！　すると、始まったときと同じように地震《じしん》は突然《とつぜん》やみ、不気味な静けさが再びおとずれた。

❋

火山の頂上《ちょうじょう》に近づくにつれて、目はうるみ、のどはがまんできないほどむずがゆくなってきた。強烈《きょうれつ》な硫黄《いおう》ガスの刺激《しげき》がさらにひどくなった。頂上から１００メートルほどのところでシャドウェルは立ちどまり、ピストルで指し示した。

「ここからは一人で行けるだろう。あの方がおまえたちを待っている」

２頭の黒ドラゴンだけが我々《われわれ》についてきた。前方の、噴火口《ふんかこう》のふちの近くにアレクサンドラ・ゴリニチカがいるのが見えた。ひどいにおいもまったく気に留めていないようだった。我々を見て、アレクサンドラは赤いくちびるをゆがめ、ほほ笑《え》みの中にゾッとするような冷たさをただよわせた。ぼくはベアトリスの手をさらにきつく握《にぎ》りしめた。

「これはこれは、ダニエルとベアトリス！　会えてじつにうれしいね」

彼女《かのじょ》はしらじらしく握手《あくしゅ》しようとしてきたが、それにこたえたりはしなかった。ぼくがどれだけ彼女を憎《にく》んでいるか、思い知らせてやりたかった。

「私たちはあなたと同じことは言えないわ。あなたは死んだと思っていた」ベアトリスもぼくと同じ思いだった。

アレクサンドラは一瞬《いっしゅん》だけ、顔をピクッとけいれんさせた。しかし、すぐに平静さを取り戻《もど》して言った。

「がっかりさせちまって、ほんとうに申し訳《わけ》ないね」

「ぼくたちの両親をどうしたんだ？」

「あの、しみったれて、我慢《がまん》強いだけのおまえたちの両親に何が起きたと思うかい？」

アレクサンドラは悲しさを装《よそお》うかのように、下くちびるを突《つ》きだした。

「あたしが命令したのは、生き死ににかかわらず連れてこいということだけさ。どちらにしても彼《かれ》らはまだ見つかっていない。実際のところ、おまえたちをここに連れてきたツングースドラゴンたちは、大して腹を空《す》かせていなかったようだ。たぶんドラゴン学者たちの宴会《えんかい》にでも立ちよったんだろう。これで説明になったかな？」

アレクサンドラはぼくの質問に正直に答えていなかった。でも、ぼくはもう一度そのことを聞くことはしなかった。

「フロストドラゴンを奴隷《どれい》にしているのは、どうしてなんだ？」

アレクサンドラは再び笑った。

「おお、あいつらを見たんだね、ダニエル？　火と氷がうまく組み合わされていると思わないかい？」

「あなたは人間とは思えないわ」ベアトリスはアレクサンドラを冷たく見つめた。

アレクサンドラは骨《ほね》ばった手でぼくたち二人をがっしりとつかんだ。

「一緒《いっしょ》に来るんだ。おまえたちに見せたいものがある」

彼女《かのじょ》はぼくたちを噴火口《ふんかこう》のふちに押《お》しだした。赤々と燃える溶岩《ようがん》の熱でぼくは顔が赤くなってくるのを感じ、窒息《ちっそく》しそうなガスで胸《むね》が締《し》めつけられていた。

ぼくたちをしっかりつかみ、目をギラギラさせながら、アレクサンドラは刺激性《しげきせい》のガスに向かって身を乗りだした。深くガスを吸《す》い込《こ》んでも平気なようだった。

「このにおいがわかるかい？　力の香《かお》りさ！　ドラゴンやほかの生き物も生みだす、地球のほんとうの力さ！　手下たちはここに寄りつこうとしない。あいつらはガスで気が狂《くる》うんじゃないかと恐《おそ》れているのさ。しかしあたしにとっては、こいつは甘《あま》い香りさ」

ベアトリスとぼくは恐怖《きょうふ》のまなざしを交わした。アレクサンドラはつねに悪の意志に突《つ》き動かされてきた。いつも力を望んできた。いま目の前でわめいているようすには狂《きょう》気《き》さえ感じられるほどで、タガが外れてしまっていた。

「見るんだ！」彼女《かのじょ》は腕《うで》を左右に広げて、金切り声をあげた。

「火山がこの島を生みだした。そして今度は破壊《はかい》しようとしている！　さっきの地震《じしん》はほんの始まりさ。ここはのろわれている。ここにいられる時間は短いんだ！　あと2、3週間かもしれないし、ほんの1日かもしれない」

「えっ？」ベアトリスがあげた悲鳴によって、アレクサンドラは、狂気《きょうき》にとりつかれていた状態からわずかに自分を取り戻《もど》したかに見えた。次にしゃべり始めたときは、深く落ち着いた声だった。

「だからこそ、あたしはおまえたちのような友だちが必要なんだ。取引しようじゃないか。おまえたちはドレイク博士のお気に入りの生徒だったね。ドラゴン・アイを発見する手助けをし、悪のドラゴン結社の総本部を破壊《はかい》に導いた。さらにリベル・ドラコニスの秘密《ひみつ》を暴《あば》き、ドラゴンの伝染病《でんせんびょう》の治療法《ちりょうほう》を発見した……」

「何が欲《ほ》しいんだ？」ぼくはそれ以上緊張《きんちょう》に耐《た》えられなかった。

「ドレイク博士がこの島についておまえたちに教えたことを知りたいんだ。それともう一つ、昔盗《ぬす》まれた古代の武器のことをな。神秘《しんぴ》といにしえのドラゴン学者協会の13番目の宝物《たからもの》と呼《よ》ばれているもののことさ。これまで悪のドラゴン結社の騎士《きし》が使ったなかで最も効果的な武器だという者もいる」

「いったい何のことを言っているんだ？」

アレクサンドラはぼくに近づくと、噴火口《ふんかこう》のふちへさらに押《お》しだすようにした。

「おやおや、おまえの顔に知っていると書いてあるよ、ダニエル。ドラゴン・ハンマーと呼《よ》ばれるものさ。この島の秘密《ひみつ》の洞窟《どうくつ》に隠《かく》されている」

「それで、それを探《さが》すのを私たちが手伝うとでも？」

ベアトリスが精いっぱいの皮肉を込《こ》めて言った。

アレクサンドラはベアトリスをぼくの横に立たせた。もうひと押しされれば、ぼくたちのどちらかが落ちて死ぬことになるだろう。

「おまえは洞窟を開く方法を知っているはずだ。ドレイク博士から聞いただろう！」

「知らないよ！」溶岩《ようがん》の熱が背中《せなか》を焦《こ》がしているのを感じていた。ぼくは目をつぶったが、硫黄《いおう》ガスの痛《いた》みで涙《なみだ》があふれてきた。

「このうそつきめ！　目を開けてあたしを見るんだ！　手伝えば、おまえたちは助かるんだ。じゃまをするなら苦しい目にあうだけだ」

どうしたわけか、絶望的な状況《じょうきょう》の中で、ぼくは開き直りのように勇気を感じてきた。

「何をするつもりだ？　おまえがぼくを殺したとしても、知らないことを知っていると認《みと》めさせることはできないさ」

アレクサンドラは笑って、ぼくの肩《かた》に置いた手をじょじょにゆるめた。

「勇敢《ゆうかん》だけど、お馬鹿《ばか》な子だね、ダニエル。あたしはおまえを痛《いた》めつけようなんて思っちゃいないよ。でも、ベアトリスを向こうに押《お》しだすのは、造作もないことさ」

ぼくはがく然とした。

「どうしてドラゴン・ハンマーが必要なの？　いったい何をたくらんでいるの？　ドラゴンをさらに支配しようとでも？　おまえの部隊はできあがっているんじゃないの？」

ベアトリスが泣く泣く訴《うった》えた。

「支配するだって？」アレクサンドラは笑い、聞こえていないはずの2頭のツングースドラゴンのほうを見た。

「ドラゴン・ハンマーが何か、おまえは知らないふりをしているのじゃないのか？　それがやつらをどのように破壊《はかい》に導くのかを？」

「知るもんですか！　ダニエルだってそうよ。ドレイク博士も同じよ！」

「そうかもしれないし、そうじゃないかもしれない」ベアトリスを放そうとせずに、アレクサンドラはぼくの首根っこをつかんで、ぼくの耳に口を近づけた。

「話すんだ、ダニエル。さもないとベアトリスが死ぬよ」

「いやだ。何も知らないんだ」

「いやだと？　断るってかい？」

彼女《かのじょ》の目には、再び狂気《きょうき》の光が立ちのぼっていた。

「それじゃ、ドレイク博士がおまえの姉さんの運命に無頓着《むとんちゃく》でいられるかどうか、試してみようじゃないか？」

　アレクサンドラが口笛で合図すると、ツングースドラゴンが二手に分かれた。少し間をおいて、シャドウェルがドレイク博士を連れてきた。博士のやつれた表情から、アレクサンドラがやろうとしていることのすべてを博士が理解していることがわかった。ドレイク博士がツングースドラゴンたちの前を通り過ぎるとき、彼《かれ》は横目でちらっと見た。

「ドラゴン学の呪文《じゅもん》をこいつらに試してみようなんて思わないことだね」アレクサンドラが大声で言った。

「こいつらは催眠《さいみん》をかけられているわけじゃない。あたしが育てたんだ。だから、あたしのことをほかのすべてに優先《ゆうせん》させているというわけさ」

「アレクサンドラ」ドレイク博士は、努めて冷静に問いかけた。

「もっと楽しい状況《じょうきょう》で会えたらよかったな?」

「冗談《じょうだん》を言ってる場合じゃないよ、ドレイク。ドラゴン・ハンマーが眠《ねむ》っている洞窟《どうくつ》にどうやって入るのか、おまえは教えてくれるはずさ。さもないと、子どもたちは生きたまま噴火口《ふんかこう》に投げ込《こ》まれるだけさ」

一瞬《いっしゅん》、ドレイク博士は恐《おそ》ろしい表情でアレクサンドラをにらみつけた。アレクサンドラの理性にひそむ深い狂気《きょうき》に、今やっと気づいたかのようだった。しかし、彼《かれ》はすぐに落ち着きを取り戻《もど》した。

「アレクサンドラ、私はドラゴン・ハンマーのありかを、あんたと一緒《いっしょ》に探《さが》してみるつもりだが……」

「口答えするな、ドレイク！　おまえさんは、あたしを説得できると買いかぶっているようだな？」アレクサンドラが指をパチンと鳴らすと、ツングースドラゴンがぼくたちのほうにノシノシと近寄ってきた。

ドレイク博士は真っ青になった。

「ベアトリスとダニエルに手を出さないでくれ！　私はどうなってもかまわない。ドラゴン・ハンマーがある洞窟《どうくつ》については何も知らないんだ。もちろんそれがどのように開くかもな。でも、あんたを助けるつもりだ！」

「うそをつけ、ドレイク。おまえはそれがどこにあるか知っている。ホヤラ・アルガライ・タイフル！　女の子を噴火口《ふんかこう》に投げ入れるんだ！」

1頭のツングースドラゴンがしっぽをベアトリスの体に巻《ま》きつけて持ち上げた。灼熱《しゃくねつ》の噴火口の上でベアトリスが脚《あし》をバタつかせて泣き叫《さけ》ぶのを見て、ぼくは居ても立ってもいられなかった。

「やめてくれ！　お願いだ！」

「どうする、博士？　あの子を見殺しにするのかい？」アレクサンドラは腕《うで》を組んでふてぶてしく言った。

「何も知らない私が、どうやって助けられるというんだ！」ドレイク博士の声は失意に満ちていた。

「私があげられるのは、リベル・ドラコニスだけだ。ベアトリスはこれに関して何の罪《つみ》もない。お願いだ、彼女《かのじょ》を痛《いた》めつけるのはやめてくれ！」

ドレイク博士とぼくが見ていると、ツングースドラゴンのしっぽから人形のようにぶら下がったベアトリスの声がだんだん低くなり、火山の有毒ガスにかき消されてしまいそうだった。もうだめかもしれない！

アレクサンドラはドレイク博士からベアトリスへと視線《しせん》を移し、もう一度ドレイク博士のほうを見た。そして沈黙《ちんもく》を破って言った。

「リベル・ドラコニスはどうしたら読めるんだい？　前にあのあほうのイグネイシャス・

クルックが言っていたのには、4頭のドラゴンが必要だということだが？」

「確かに4頭のドラゴンが必要だ。でもお願いだ、ベアトリスを先に降《お》ろしてくれ。そうしたらすべてを話そう」

「今、話すんだ」

「そしたらベアトリスが死んでしまう！」

「じゃあ、急ぐんだな。そうしないとダニエルも同じことになるからな」

これは脅《おど》しだけではない。助かる見込《みこ》みがないことをぼくは確信していた。

そのとき、噴火口《ふんかこう》のふちの岩場で何かが動くのが見えた。ぼくはぼんやりとフリッツかもしれないと思ったが、ちがった。なんと、トーチャーが必死にぼくたちを助けようとしていたのだ！　彼《かれ》は隠《かく》れていたところから叫《さけ》び声をあげて飛び上がると、1頭のツングースドラゴンの太い脚《あし》に自分のしっぽを巻《ま》きつけた。みんなの気がそちらに向いたすきに、ぼくはゴリニチカに飛びかかると、怒《いか》りに任せて思いっきりなぐりつけた。

「姉さんを放すんだ！　すぐに！」

「馬鹿《ばか》なまねはよせ、ダニエル！」ドレイク博士が叫《さけ》んだ。博士はぼくを助けようとして動いたが、シャドウェルに捕《つか》まり引き戻《もど》された。

そのとき、ツングースドラゴンがベアトリスをつかんだしっぽをゆるめた。彼女《かのじょ》が燃える噴火口《ふんかこう》に落ちそうになるのを見て、ぼくは息を飲んだ。だれもどうしようもなかった。でも、ドラゴンだったら彼女を助けるわずかなチャンスがありそうだった。トーチャーが動くのが視界《しかい》の端《はし》に見えた。トーチャーは壁《かべ》の出っぱりから身を乗りだすと、とっさにベアトリスの上着のえりを口でくわえた。そして、動きの鈍《にぶ》いツングースドラゴンが何が起こったかを理解する前に、ベアトリスを安全な場所に運んだ。

ところが、それで終わりじゃなかった。アレクサンドラが突進《とっしん》してきて、あっという間にぼくを組み伏《ふ》せた。ぼくの腕《うで》を背中《せなか》のほうにねじり、口を手でふさいで噴火口のふちに引きずっていった。

「ダニエル、逃《に》げるんだ！」ドレイク博士はシャドウェルに捕《つか》まえられながらどなった。アレクサンドラがそちらに目をやった瞬間《しゅんかん》、ぼくは手に咬《か》みついた。彼女は痛《いた》みに甲高《かんだか》い声をあげたが、引きずるのをやめなかった。

ドレイク博士がシャドウェルの手をなんとか振《ふ》りほどき、ツングースドラゴンたちの脇《わき》をすり抜《ぬ》けてきた。博士はアレクサンドラからぼくを引き離《はな》そうとして、アレクサンドラとからみ合いながら、断崖《だんがい》のふちのほうによろよろと進んでいった。

ほんのつかの間、彼《かれ》の目がぼくをとらえた。

「ここから逃《に》げるんだ！」

「あなたを置いていけない！」

「行くんだ！　だれかが知らせなきゃならんのだ。さあ！」彼はあえぎながら言った。

1頭のツングースドラゴンがドレイク博士に突進《とっしん》し、アレクサンドラから離れさせた。いつの間にか周りをツングースドラゴンに囲まれていた。

「だめだ！」アレクサンドラは金切り声をあげた。

「この男を傷《きず》つけるんじゃない！　必要なんだ！」

ところが、驚《おどろ》いたことにドラゴンたちは彼女《かのじょ》を無視《むし》した。怒《いか》りが頂点《ちょうてん》に達して、アレクサンドラといえども、やつらをコントロールすることができないようだった。頭を下げ、怒《おこ》った雄牛《おうし》のようにドレイク博士に向かって走り、頭突《ずつ》きを食らわせると、噴火口《ふんかこう》のふちを越《こ》えて、泡立《あわだ》つ溶岩《ようがん》のほうへドレイク博士を押《お》し出した。わずか数秒の出来事だった。ドラゴン・マスターは溶岩の泡立つ噴火口に消えた。

第7章　逃《に》げろ

私はほどなくして、ドラゴンの友だちになることは、敵をつくることだということを学んだ。
―アーネスト・ドレイク博士著『ドラゴンとの生活の思い出』１９１９年

ドレイク博士が噴火口《ふんかこう》に消えてからわずかな間、ぼくはがっくりひざをつき、目の前で起きたことに打ちのめされていた。遠くのどこかで、まるで荒々《あらあら》しい風のようなすさまじい音がしているのに気づいた。アレクサンドラだった。おさえられない怒《いか》りで金切り声をあげながら、げんこつでツングースドラゴンをなぐっていた。

「この、間抜《まぬ》け！　何でもいいから、やつを見つけて、生きたまま連れてこい！　やつから聞き出さなきゃならないんだ！」

ベアトリスは噴火口のふちのところにしゃがみ込《こ》み、身を乗りだしてドレイク博士を何度も呼《よ》んでいた。ぼくの心はグシャグシャになり、周りの世界がくずれていくように感じた。アレクサンドラを突《つ》きとばし、彼女《かのじょ》も恐《おそ》ろしい目にあわせてやりたかった。噴《ふん》火口《かこう》のふちを這《は》い回ってみても、ドレイク博士の姿《すがた》はどこにもなかった。溶岩《ようがん》に飲み込《こ》まれて、一瞬《いっしゅん》のうちに焼かれてしまったにちがいない。そんなことを想像すると、がまんがならなかった。

だれかが、いや何かがぼくの脚《あし》をグイッと引っぱった。下を見ると、トーチャーがズボンを歯で咬《か》んで、ぼくの注意を引こうとしていた。その先では、シャドウェルの手下が大騒《おおさわ》ぎを聞きつけ、ついには腹を決めて、有毒ガスの充満《じゅうまん》する噴火口の周りを突《つ》っ切ろうとしていた。やつらはアレクサンドラに加勢するために向かってきた。

「ベアトリス、逃《に》げよう！」

ベアトリスの目は、涙《なみだ》でぬれていた。

「行かなくちゃならないよ！」ぼくは切羽《せっぱ》つまって言った。

ところが、もう手下たちが頂上《ちょうじょう》から下りる一本道をふさいでいて、シャドウェルがアレクサンドラと話し込《こ》んでいた。

「行くって、どこへ？」ベアトリスはうつろな目で見た。

「トーチャーに何か考えがあると思うんだ。そうだね、トーチャー？」

赤ん坊《ぼう》ドラゴンはぼくたちから小走りに離《はな》れ、噴火口《ふんかこう》の一方の側ともう一方の険《けわ》しい坂のあいだにある細い岩のほうへ向かっていた。有毒ガスがただよっていて、息苦しくてたまらない。

「噴火口に飛び込《こ》めっていうのかい、トーチャー？」

大声で言いながら、トーチャーが考えていることをぼくが正しく理解しているかどうか確かめようと、噴火口のふちの向こう側を指さした。

「ドレイク博士を見つけられるっていうのかい？」

ところが、トーチャーは顔を別の方向に向けた。

「あの崖《がけ》を飛び下りろっていうのか？」

「サァーッ！」トーチャーは「そうだ」という意味のドラゴン語を使って言った。

「サァーッ！」トーチャーは大まじめだった。

ぼくはうなずくと、「わかった、トーチャー」と言った。それは文字どおり、賭《か》けだった。その瞬間《しゅんかん》、「トーチャーは見た目よりも勇敢《ゆうかん》で賢《かしこ》いはずだ」とドレイク博士が言ったことを思い出した。赤ん坊《ぼう》ドラゴンが助けてくれることを信じなければならない。ぼくたちにはたった数秒の貴重《きちょう》な時間があるだけだ。シャドウェルはまだアレクサンドラと話し込《こ》んでいたが、ピストルの銃口《じゅうこう》は下がっていた。

「トーチャーについていこう！」

ぼくは声をひそめ、焼けつくような蒸気《じょうき》にせきこむのをなんとかおさえようとした。必死で立ち上がったベアトリスは、信じられないといったまなざしをトーチャーに向けた。

「ここじゃ息ができないの、トーチャー。目もチクチク痛《いた》むわ。私たちをどこへ連れていくっていうの？」

トーチャーは険《けわ》しい坂の端《はし》のところまで走っていった。ベアトリスは涙《なみだ》を流しながら、半ばあきらめの表情をしていた。

「トーチャーは私たちが飛べるって思っているのね、そうでしょ、トーチャー？　でも飛べないのよー。無理よ。あなたもまだ飛べないでしょ？」

ピストルの銃口《じゅうこう》をぼくたちに向けたまま、シャドウェルが近寄ってきた。息苦しい蒸《じょう》気《き》が彼《かれ》をさえぎってくれるようにと、ぼくは祈《いの》った。

「戻《もど》るんだ。急に動くなよ」立ち込《こ》める霧《きり》の中から、命令する声が聞こえた。

ぼくは赤ん坊《ぼう》ドラゴンのほうににじり寄った。

「ぼくたちが飛べないって、トーチャーは知っているよ。ついていこう。トーチャーは自分がしていることをわかっているはずだ」

ベアトリスは恐怖《きょうふ》で目を見開いた。険《けわ》しい坂が垂直《すいちょく》の崖《がけ》につながっていることは明らかだった。そしてその崖がどれほど深いのかはわからなかった。

「できないわ、絶対無理よ！」

「やるしかないよ。引き返せないんだ。アレクサンドラを止めなきゃ！　S《エス》.A《エイ》.S《エス》.

D《ディー》に知らせるんだ！」

ベアトリスはうなずくと、崖《がけ》のふちに立った。目をつぶって、「ドレイク博士のために、それと……」ベアトリスの声は毅然《きぜん》としていた。

「ドレイク博士のために」ぼくが続けた。

そしてぼくたちは飛んだ。

＊

ぼくたちは、永遠とも思えるほど長い時間をかけて落ちていった。何度も宙返《ちゅうがえ》りしたため、空も地面も遠くの海もぐるぐる回るぼやけた画像のようだった。ベアトリスが近くにチラッと見えた。トーチャーはどこに？　ぼくはトーチャーが自分のしていることをわかっていることを祈《いの》り、そうでないときのことを想像しないようにした。

あまりに長い時間落ちて、吐《は》き気をもよおしてきた。まるでスローモーションのよう

だった。むき出しになった岩をつかもうとしても、そのたびに手にゴツゴツ当たり、痛《いた》い思いをするだけだった。きっと、もうすぐ死ぬんだろう。下には、落ちるのを止めるようなものは何も見えなかった。すると突然《とつぜん》、ジャングルの中の深い水たまりにドッボーンと落ちた。とてつもなく高い滝《たき》の滝つぼだった。

落ちた衝撃《しょうげき》でまだ頭がボーッとしていたけれど、今度はピラニアと恐《おそ》ろしいヘビが心配になって、ぼくは必死で土手を探《さが》した。ちょうどそのとき、ベアトリスがすぐ横に落ちてきた。ぼくは、自分たちが落ちてきたばかりの滝と、その背後《はいご》の垂直《すいちょく》の崖《がけ》を見上げた。ほかに続く者はいなかった。でも、こんなところにこれ以上いられやしない。

ぼくたちが落ちたのは、せまい渓谷《けいこく》の先端《せんたん》の部分だった。滝つぼから丘《おか》の中腹に向かって流れ落ちる水の流れに目をやった。

「トーチャーは?」水から上がったベアトリスはよろめき、震《ふる》えながら尋《たず》ねた。

「わからない」まぶしい日の光を手でさえぎりながら、ぼくは言った。

「そうね、ここで待たないほうがいいかもね。見て!」ベアトリスは、ツングースドラゴンがはるか上空で飛び回っているのを指さした。

「行こう！　トーチャーはきっとぼくたちを見つけてくれるよ」

１秒も無駄《むだ》にすることなく、渓谷《けいこく》から出発した。ところがジャングルの茂《しげ》みがものすごく、先に進むためには水の流れに沿《そ》って歩くしかなかった。安全なころあいを見はからって、日陰《ひかげ》で休憩《きゅうけい》をとった。計画を立てなければならない。

ベアトリスは険《けわ》しい顔をしていた。

「何を考えているかわかるわ、ダニエル。私も同じ考えよ。イドリギアとS.《エス》A.《エイ》S.《エス》D.《ディー》にメッセージを伝えなきゃならないわね。それと、アレクサンドラがドラゴン・ハンマーを手に入れるのを止める方法を絶対に見つけなきゃ！　でも、どうしたらいいかしら？」

「そうだな、この島は普通《ふつう》の地図には載《の》っていないはずだから、連絡船なんかもないと思う。アレクサンドラの手下はみんな、たぶんドラゴンに乗ってやって来たんだ。島はそんなに広くないし、空はツングースドラゴンであふれている。それと、ここには……」

「コアがいるわ」とベアトリス。

ぼくは自分の言葉に落胆《らくたん》した。ぼくたちにチャンスがあるなんて、少しの間でも馬鹿《ばか》を見たもんだ。

「まったくお手上げだね？」

「あきらめちゃだめ！」ベアトリスは立ち上がり、渓谷《けいこく》を指さした。木々の間から、岩の向こうに海が見えた。岬《みさき》に背《せ》の高い石碑《せきひ》が一つ立っているのがわかった。

「あれは人間がつくったものみたいだわ。ドレイク博士は、13番目の宝物《たからもの》はこの島に来た人間にかかわりがあるって言ってなかったかしら？　調べてみない？」

「たぶんね。でもあれを見てごらん」ぼくが指し示した方角に、一筋《ひとすじ》の煙《けむり》が立ちのぼっていた。

「あそこはドラゴンが働いていたくぼ地のようだね。ティンギが教えてくれたけど、アレクサンドラはドラゴンの粉を使ってやつらをコントロールしているんだ。だから、どこかに粉を隠《かく》しているはずさ。もしかしたらそれを使って、フロストドラゴンを1頭救い出せるかもしれない。それに乗って島を出れば、S.《エス》A.《エイ》S.《エス》D.《ディー》に知らせられるよ」

ベアトリスは、そんなことは無理だと思っているようだった。

「見張りはどうするの？　ツングースドラゴンもいるのよ。それと、フリッツがどこかにいるのを忘《わす》れないで！」

「わかったよ」ぼくは立ち上がり、動きはじめる準備をした。

「さあ行こう！　最初にあの石碑《せきひ》を調べてみよう。この島についてできるだけ知らなきゃ。アレクサンドラをドラゴン・ハンマーから遠ざけるあらゆる可能性を探《さぐ》るためにね」

＊

ぼくたちはうんざりするほど時間をかけて、上がったり下りたりを繰《く》り返した。海に向かって伸《の》びる山すそは限りなく広かった。ドレイク博士のことが心配だったが、お腹も空《す》いていた。しばらく何も食べていなかった。それで、２時間ほどあとにトーチャーがぼくたちに追いついたときは、会えたことだけでなく、食べ物にありつけたことに大喜びした。トーチャーが口にくわえていたリュックサックには、船積み用のビスケットと固いチーズが入っていた。アレクサンドラの手下からくすねてきたものにちがいない。「いい子だ。おまえはあの穴《あな》に行ったんだね？」トーチャーがだれにも気づかれなかったことは驚《おどろ》きだった。

ベアトリスとぼくはお腹を満たし、再び出発した。トーチャーはリュックサックを口にくわえたまま、道案内した。なぜだかトーチャーは、ぼくたちが岬《みさき》の石碑《せきひ》に向かっているのを知っているようだった。ついて来ているのを確認《かくにん》するため、彼《かれ》は肩越《かたご》しに何度も振《ふ》り返った。

石碑に到着《とうちゃく》した。驚いたことに、だれかほかの人間がそこにいたかのようだった。目の前の光景にまごつきながら、あたりを見回した。地面は小さい穴《あな》と土が盛《も》り上がったのとで、あばたのようになっていた。

「だれかが穴を掘《ほ》ったんだわ」ベアトリスがやっと言った。

ぼくは念入りに石碑《せきひ》を調べはじめた。そこには、線やしるしが彫《ほ》り込《こ》まれていた。ドラゴン文字のようだった。中央の大きなしるしを見て、ぼくは息を飲んだ。

「ドラゴン・ハンマーだ！」

「それじゃ、やつらが探《さが》していたものがこれね」ベアトリスが満足そうにうなずいた。

石碑の下の土も掘《ほ》り返されていて、石碑がまだ立っているのは驚《おどろ》きだった。

ベアトリスは、ドラゴン文字に手をすべらせながら、石碑の周りを歩き回った。突然《とつぜん》ハッと息を飲んだ。

「ダニエル、ここに刻《きざ》まれているのは地図じゃない？　そうよ、この島の地図よ！」

ぼくは急いで回り込《こ》んだ。石碑の表面に刻まれた線は、確かに地図のようだった。全体は三角形で、真ん中には火山だと思われるしるしが描《えが》かれていた。そのほかのしるしもあり、ドラゴン文字が書き連ねてあった。文字は知っていたとはいえ、残念ながら何が書いてあるのかさっぱりわからなかった。それは英語でもドラゴン語でもなかった。

「T《ト》‐L《ラ》‐A‐T《ト》‐L《ラ》‐A」地図の上にあるタイトルと思われる文字を声に出してみた。

「いったいどんな意味だろう?」

「わからないわ。でも、ドラゴン文字を使っていたのはヴァイキングだったわよね? たぶん、ヴァイキングがこの島にやって来たのよ。そしてこの石碑《せきひ》を立てたんじゃないかしら?」

「ドラゴン文字を解読しない限り、わからないよ。ドレイク博士なら読めるんじゃないかな? でも、ぼくたちには無理だよ」

ベアトリスは何か考えているようだった。

「ドラゴンが助けてくれるかもしれない。イドリギアだったら、きっとヴァイキング語を読めるはずよ」

「イドリギアはここにいないよ。だから、フロストドラゴンを1頭、救い出そうとしているんだろう?」ぼくは少しいらだっていた。

ベアトリスはため息をついた。

「そのとおりね。食料をどこからくすねてきたか、トーチャーが教えてくれるはずだわ。

そうでしょ、トーチャー？」

ベアトリスが話しているとき、トーチャーがドラゴン文字の石碑《せきひ》から離《はな》れて、海に突《つ》き出した崖《がけ》のふちから少し離《はな》れたところに立っているのにぼくは気づいた。ぼくたちを待っているような表情をしていた。

「ちょっと待って、ベアトリス。トーチャーはぼくたちを石碑に連れてこようとしたんじゃないと思うんだ。そうだろ、トーチャー？　きっと、コアの巣にぼくたちを連れ戻《もど》したかったんだ。今あの子が立っているちょうど向こう側に、トンネルの入口があるはずだ。まちがいないよね、トーチャー？」

「でも、どうして連れ戻したいの？　そこが私たちの目的地だっていうの！」

「こっちに来るんだ、トーチャー！　そこは危険《きけん》だ。フロストドラゴンを１頭救い出して、イドリギアを見つけるために、君の助けが必要なんだ！」

トーチャーはみじろぎもしなかったが、突然《とつぜん》地面にひざをついたかと思うと、せきばらいをし始めた。

ぼくたちは急いでかけつけ、ベアトリスがトーチャーの額を指でなでた。

「アレクサンドラに毒をもられたのね！　うわっ、下がって。吐《は》くかもしれない！」

ベアトリスが下がると、トーチャーは吐きはじめた。ぼくは、ドラゴンの口から吐きだされる強い刺激性《しげきせい》のものを見ないようにした。ところが、吐くかわりに、トーチャーの口からは金の鎖《くさり》のついた宝石《ほうせき》が飛びだした。

「ドラゴン・アイだわ！　でも、どうやって……」

心臓《しんぞう》が口から飛びだしそうだった。拾い上げると、ドレイク博士の途方《とほう》にくれた顔が表面にあらわれた。ドラゴンたちがいつか新しいドラゴン・マスターを選ぶときまで、ドレイク博士の顔が宝石の中に取り込《こ》まれているんだ。今、ドレイク博士はいなくなってしまった。新しいドラゴン・マスターの顔に変わるのは、それほど遠いことじゃないかもしれない。しばらくの間、ぼくがその役割《やくわり》を引きつぐという望みを持っていたことがある。今思い出すと、馬鹿《ばか》な考えに、胃《い》がむかついて身震《みぶる》いするだけだ。

「ドレイク博士のものだよ。トーチャーはこれを見つけるために噴火口《ふんかこう》に飛び込んだに

「だからおまえはあそこで姿を消したのね。そうなんでしょ、トーチャー？　ドレイク博士を見つけるために戻《もど》ったのね！」ベアトリスは赤ん坊《ぼう》ドラゴンを真っすぐ見つめた。「でもどうやってトーチャーはそこから出られたんだ？　トーチャー、飛び方を教わったのかい？」

それを聞いて、トーチャーは翼《つばさ》を広げ、ひと声吠《ほ》えた。

「ドレイク博士があなたに宝石《ほうせき》を渡《わた》したの？　それとも拾ったの？」

「サァーッ」

「ドレイク博士があなたに渡したっていうのね！」

「サァーッ」

「それじゃ、博士はまだ生きているのね！」

「サァーッ」

それがほんとうだったらいいのに！　しかし、噴火口《ふんかこう》は熱く、有毒なガスがあふれている。ぼくは自分の目で見たんだ。

「でも、どうやって博士は生きのびたんだ、トーチャー？　噴火口《ふんかこう》に落ちて生きのびた人間はいないんだ。だれもね」ぼくは、涙《なみだ》が込《こ》み上げてくるのに気づいていた。

それに答えるかのように、トーチャーはぼくに寄ってきて、ドラゴン・アイを口にくわえた。

「何をするんだ？　ぼくたちはドレイク博士を助けなきゃならないんだ！」

「コア……アルグレイ　コア　サァーーッ？」トーチャーがつぶやいた。

ぼくは口をあんぐり開けた。トーチャーはこれまでドラゴン語で一つか二つの簡単《かんたん》な単語を言えるだけだったのに！　振《ふ》り返ると、トーチャーはしっぽをうねらせて、崖《がけ》のふちの向こう側へ消えていった。

「だめだ！　トーチャー、やめるんだ！　おまえはわかっていない！　そこに行けば、コアはぼくたちみんなを殺してしまう。ドラゴン・アイをコアに渡《わた》したらだめだ！　お願いだ！」

トーチャーは行ってしまった。

長い沈黙《ちんもく》のあと、ベアトリスがぼくの肩《かた》に手を置いた。

「ダニエル、私たちも……」

「正気かい？　コアはぼくを殺すと脅《おど》したんだ。覚えているだろう？　姉さんも殺されるよ。あいつは人食いドラゴンだ！　ほら穴《あな》は子どもの骨《ほね》でいっぱいだったんだ！」

「ダニエル、お願い」ベアトリスは優《やさ》しく言った。

「トーチャーは私たちを追い込《こ》むようなことはしないわ。それどころか、二度も助けてくれたじゃない。そろそろあの子を完全に信頼《しんらい》してもいいんじゃないかしら？」

第8章　協力者

悲しくも普遍《ふへん》の真理がある。それは、ドラゴンは年を取るにしたがって、人間の言葉を信用しなくなる可能性が高いということだ。
——アーネスト・ドレイク博士著『ドラゴンとの生活の思い出』１９１９年

ぼくは正直不満だったけれど、ベアトリスの言葉には文句のつけようがなかった。トーチャーは、この段階《だんかい》で裏切《うらぎ》ってコアに引き渡《わた》すために、ぼくたちを助けたんじゃない。骨《ほね》はたぶん、コアの巣から宝物《たからもの》を盗《ぬす》もうとした子どもの泥棒《どろぼう》のものだ。ぼくはそう理由づけた。それでもなお、もう一度人食いドラゴンに立ちむかうと考えるだけで、恐《おそ》ろしくて震《ふる》えた。

秘密《ひみつ》の足場にベアトリスを導き、這《は》うように下りはじめた。ドラゴンの巣につながるほら穴《あな》の入口にたどり着こうとしたとき、上から岩が落ちてくるのに気づいた。暗闇《くらやみ》と石のかけらのなか、何が起きてもすぐに対応できるように神経を集中しながら、すばやく入口を抜《ぬ》けた。

通路にたどり着いたとき、ベアトリスが振《ふ》り返った。

「謎《なぞ》かけをしようかしら、それとも何か宝物《たからもの》をあげる？」

ぼくは首を振った。

「コアには何をしてもだめだと思う。謎かけに応じようとしなかったし、ドラゴンの呼《よ》び笛にも興味を示さなかった。殺されたくなかったら即刻《そっこく》島を出ていけと、ぼくに言っただけだ。トーチャーを傷《きず》つけないというあいつの言葉だけは覚えているよ。でも、どうやったら、それがほんとうだと証明できるんだろう？」

「何かがあって、トーチャーは信用したのよ。あいつは奇妙《きみょう》なにおいがするのよね？何歳《さい》くらいだと思う？」ベアトリスは鼻にしわをよせて言った。

ほら穴で音がした。

「ドラゴンについて話し合うのにいいタイミングだとは思えないんだけど？」

「何百歳《さい》かだとは思わない？」

「そうだと思うけど、想像もつかないね」

「ベアトリス・クロークがこの島に来たときには、もういたんじゃないかしら？」

「それはどうかな？　アンフィテールは250年ほどしか生きられないはずだよ」

「この島にいるのは、きっと少し違《ちが》っているのよ」

「どうしてそう思うんだい？」

「わからないわ。ただの直観だけど……。ちょっとやってみたいことがあるの」

ベアトリスについて階段《かいだん》を下りたとき、S.《エス》A.《エイ》S.《エス》D.《ディー》が使っている合言葉の一つである謎《なぞ》かけの言葉を彼女《かのじょ》が大声で叫《さけ》んだのを聞いて、ぼくは耳を疑《うたぐ》った。どうして秘密《ひみつ》をもらすんだろう？　ベアトリスは、コアがドラゴン学の規則とは一切かかわりがないことはまちがいなく知っているはずなのに。

ドラゴンが飛ぶとき、

ドラゴンは目でこれを探《さが》す。
ドラゴンが吠《ほ》えるとき、
ドラゴンはかぎ爪《づめ》でそれをつかむ。

最初、何も反応がなかった。うす暗がりに目がだんだんと慣れてくると、2、3メートル先に立っているトーチャーの姿《すがた》が見えてきた。コアの丸くて緑色の目が暗闇《くらやみ》の中でこちらを見すえているのも見えた。ぼくの手のひらは汗《あせ》でびっしょりになった。トーチャーはそら恐《おそ》ろしいまちがいをしでかしたんじゃないだろうか？　ぼくの目は入口近くにある骨《ほね》にくぎづけだった。そのうちのいくつかには、大きな爪でつけられた深い傷《きず》があった。

「小僧《こぞう》、わしの巣になぜ戻《もど》ってきた？　殺されたくなかったら即刻《そっこく》島を出ていけと、おまえに言ったはずだが？」ドラゴンが静かに言った。

ぼくが説明しようとする前に、ベアトリスが勇敢《ゆうかん》にも大またで前に出た。

「賢《かしこ》くて強いコア、あなたの巣に入ったことは、ほんとうに申し訳《わけ》ないと思っているわ。でも、危険《きけん》にさらされている友だちがいるの。あまり時間がないの。それと……」

「だまれ！」激《はげ》しく吠《ほ》えたコアを見て、ぼくは思わず後ずさった。でも、ベアトリスがもっと何か言ってくれるかもしれないと期待する気持ちもあった。コアは巻《ま》いたしっぽを伸《の》ばし、行く手をさえぎった。

「おまえに質問がある。近くに来るんだ！」

ぼくはよろめきながらほら穴《あな》の真ん中に出ていった。コアのたてがみの羽が怒《いか》りで毛羽立っていた。

「もっと近くに！」

もう一歩進むと、コアの目がいっそう大きく見えた。ぼくは、前にドラゴンから催眠《さいみん》術《じゅつ》をかけられたことがあり、そんなときは頭の中で計算問題を解いて耐《た》えることを知っていた。ずっと目をそらさずにいると、やつの言葉が少し丁寧《ていねい》な口調に変わったのに気づいた。

「おまえが生きるか死ぬかは、答え次第だ。この島をすぐに出ていくように、わしはおまえに言わなかったか？」

「言いました」

「それなのにおまえは従《したが》わなかった……。説明するんだ」コアは翼《つばさ》の先を上げて、鎖《くさり》にかかっているドラゴン・アイがぼくから見えるようにした。

「この宝石《ほうせき》の中には、おまえやその女の子の顔は見えない。おまえたちが泥棒《どろぼう》ではないことを、わしに納得《なっとく》させられるのか？　お前たちの話がほんとうなら、この島にドラゴン・マスターと一緒《いっしょ》に来たことを、どうしてすぐにわしに言わなかったんだ？」

「そのドラゴン・マスターが危険《きけん》にさらされているんだ！　もしまだ生きていればの話だけど。ぼくだってここに二度と来たくはなかった。怖《こわ》くて、そのことは言えなかったんだ」

「なぜわしのことが恐《おそ》ろしい？　それは、おまえが泥棒だからだろう？」

「ちがう！　ほかの子どもたちがどうなったかを見たからだ」

「ほかの子どもたちだと？」

「おまえが食べた子どもたちだ」ぼくは骨《ほね》のほうを指さした。

「わしが？　人間を食べた？　フンッ！　人間のまずい肉を食べるなんて、考えるだけでうんざりだ！」

「それじゃ、どうして殺したんだ？」

「あれは人間じゃない。サルの骨だ」大ドラゴンは小馬鹿《こばか》にするように言った。

すぐには信じられなかった。最初からずっとコアのことを誤解《ごかい》していたというのか？

「サルだって？」骨にもう一度目をやると、頭がい骨の目の上の部分は張りだしていて、脳《のう》が入る部分がやたら小さいのにはじめて気づいた。ホッとため息をつくと、やっとまともに息ができるように感じた。

「サルだ。おまえはわしが何を食べるのか知らずにここに来たな」コアはくちびるをひとなめしてから、首をもたげた。

「おまえが怖《こわ》がるのは無理もない。それでは、おまえがドラゴン・マスターからこの宝《ほう》石《せき》を盗《ぬす》んだんじゃないことを、どうやったら証明できる？」

　ベアトリスは両手をもみながら言った。

「それをあなたに話そうと思っていたの。ドレイク博士はドラゴン・マスターで、私たちの友だちよ。彼《かれ》はトーチャーにドラゴン・アイを渡《わた》して、私たちのところに持ってこさせて、自分の無事を知らせたかったにちがいないわ。でも今、火山の噴火口《ふんかこう》にとじ込《こ》められて危険《きけん》な状態なの。時間を無駄《むだ》にできないわ」

「しかし、トーチャーはドラゴン・アイをおまえたちに渡さず、わしのところに持ってきた」

「あの子はそのつもりじゃなかったんだ」

　ぼくの答えに、コアはゆっくりと首を振《ふ》った。

「おまえは仲間のドラゴンをもっと信頼《しんらい》すべきだな。あいつは、わしがだれだかをうすうす感づいている。わしのところに宝石を持ってきたのは、ほめてやろう。ドラゴン・マスターも感謝するだろうよ」

コアは長い息を吐《は》き、ほら穴《あな》の先の海のほうを見つめた。

「そうか、ドラゴン・マスターが海を越《こ》えて来たのか。これがこれまで言われていた大きな危険《きけん》というやつだな。ドラゴン・プロフェシー（預言《よげん》）の時がもうすぐ来るということか」

「プロフェシー（預言）？　何のことを言っているの？」ベアトリスが尋《たず》ねた。

コアが振《ふ》り向いたときには、もうその巨体《きょたい》を伸《の》ばしていた。

「それはあとで話そう。時間がない。もしドラゴン・マスターがまだ生きていたら、わしが見つけてやる」

コアは宝《たから》の山の上から動きはじめた。飛び立つ準備をしているようだった。少し間をとってから、またぼくのほうを振《ふ》り向いた。

「ところで、謎《なぞ》かけの答えは『宝物』だな。自分が始めた謎かけが、数年たって自分に戻《もど》ってくるとは、おかしなことだ」

「おまえの謎かけだって？」

「そうだ」

ぼくは、コアが勝ち誇《ほこ》ったような表情をしている訳《わけ》がやっとわかった。

「ドラゴン・アイについてどこまで知っているんだ？」

「ドレイク博士が話してくれただけです」

「博士は、宝石《ほうせき》がもともとこの島のものだと言ったのか？」

「そうじゃないけど」

「それじゃ……」と言いながら、コアは頭をそらして明るい青い炎《ほのお》を吐《は》きだし、ほら穴《あな》全体を照らしだした。

「見ろ！」ひと声叫《さけ》ぶと、ほら穴の奥《おく》の壁《かべ》に目線を向けた。ぼくはぼう然として、思わず息を飲んだ。ほら穴の前半分は自然の岩でできていたが、後ろ半分の壁はなめらかに仕上げられ、上品な色づかいで描《えが》かれた、何枚ものフレスコ画で覆《おお》われていた。

最初の１枚は、よろいを身に着けた女がひざまずき、長い柄《え》がついた戦闘用《せんとうよう》のハンマーをアンフィテールにささげているように見えた。羽の絵柄から、ぼくは若《わか》いときのコアを想像した。２枚目は、同じドラゴンが噴火口《ふんかこう》の横に立っていた。口には宝石《ほうせき》をはさんでいた。その宝石の中に、よろいを身に着けた女の像がなんとか見てとれた。３枚目では、ハンマーがほら穴《あな》の中にあり、その周りを水がとり巻《ま》いていた。

炎《ほのお》が消えると、ほら穴は再び闇《やみ》に沈《しず》んだ。

「ベアトリス・クロークね！」ベアトリスは驚《おどろ》きながら、大声で言った。

「彼女《かのじょ》があんなかっこうをするなんて、想像もしなかったわ！　いつも古風なドレスを着たイメージしかなかった。よろいだなんて！」

「そうだね、ベアトリス。コアだったら彼女と会っていたって、おかしくない。ということは、コアがドラゴン・アイをつくったたってことだ！」

ぼくは確認《かくにん》したくて、コアのほうを向いた。ところが、やつはほら穴の中を音もなく体をすべらせ、すでに飛び立っていた。今や海のはるか上を飛行している。

ベアトリスはきつねにつままれたような表情で、コアが飛んでいくのを見ていた。

「ところで、コアが預言《よげん》って言ったのは、何のことだと思う？」

ぼくは首を振《ふ》った。わからなかった。ベアトリスは手をギュッとにぎり、目をつぶって祈《いの》りをささげているようだった。

「どうか、コアがドレイク博士と一緒《いっしょ》に戻《もど》ってきますように」

トーチャーがベアトリスにそっと寄って、元気づけるように鼻をこすりつけた。ぼくはトーチャーをなでながら、海の向こうをじっと見つめた。

「心配しないで。コアはまちがいなく博士を見つけて、ぼくたちのところへ連れてきてくれるよ」

けれど、その確信は根拠《こんきょ》のないものだと、ぼく自身がいちばん知っていた。

❊

コアのほら穴《あな》で待っている時間が永遠のように感じられた。満月が昇《のぼ》り、静かな海の上で星がまたたくころ、ぼくたちは黙《だま》り込《こ》み、大それた望みにわらをもすがるような気持ちだった。二人とも両親のことを考えていた。アレクサンドラはぼくたちの両親に何が起こったかを知らないと言った。だからといって、両親が安全だというわけじゃない。勇敢《ゆうかん》なドラゴン・アプレンティスであるエラスムスのことも考えた。彼《かれ》は、ぼくたちを救出するために命をささげたのだろうか？　それとも、まさに今、ぼくたちを助けるためには、イドリギアとドラゴンの部隊とともに大西洋を横切って飛び続けているのだろうか？

わびしく星を見つめていたとき、突然《とつぜん》、胸《むね》が高鳴ってきた。ぼくたちに向かって翼《つばさ》をはためかせているのは、羽のついたヘビのような生き物、コアにまちがいなかった。最初、コアの背中《せなか》にだれかが乗っているのに気づかなかった。しかし、トーチャーがまず喜びの叫《さけ》びをあげた。あの子の視力《しりょく》はぼくよりはるかによかった。

「ドレイク博士だわ！　生きていた！」ベアトリスが泣き叫んだ。

しかし、コアが着地しようとするころには興奮《こうふん》は急にさめていった。コアにしがみついているドレイク博士はひどく弱って見えた。服はところどころ焼けていて、とくに片《かた》

方《ほう》の腕《うで》のところはひどく焦《こ》げていた。目は半開きで、息をするのも苦しそうだった。ぼくたちはドラゴン・マスターのためになめらかな岩を見つけて横たえた。ベアトリスは心配そうな表情を浮《う》かべながら、「大丈夫《だいじょうぶ》かしら？」とささやいた。

「きわどいところだった」コアが説明してくれた。

「博士は上からは見えない小さな出っぱりの上にいたんだ。溶岩《ようがん》からはかなり離《はな》れていた。しかし、自力で這《は》いあがることはできなかった。わしが見つけなかったら、たぶん死んでしまったろうよ。武器を持ったまま死んだ男がもう一人そばにいた」

ドレイク博士はせき込《こ》みはじめた。驚《おどろ》いて彼《かれ》のほうを見たぼくの心配を振《ふ》り払《はら》うように、博士は腕《うで》をユラユラと振った。

「あれ……は、シャドウェル。あわれで……馬鹿《ばか》な……悪魔《あくま》め。あの女がツングースドラゴンを彼《かれ》にけしかけて、な……仲間に引き入れたんだろう」

ドレイク博士は荒《あら》い息をしていて、ぼくたちが休むように言っても、今までのことを話し続けた。ベアトリスが片腕《かたうで》で頭を支えて水を飲ませると、博士は以前の自分を取り戻《もど》しはじめた。その説明によると、ツングースドラゴンが彼《かれ》を探《さが》しまわったが、出っぱりの上の見えないところに隠《かく》れていたので、気づかれなかったのだ。

「ところがそのとき、恐《おそ》ろしい、血も凍《こお》るような叫《さけ》び声を私は聞いた。私はまともに見ることができなかった。君たちのどちらかかもしれないと恐れたんだ。その声がシャドウェルだとわかったとき、どれほどホッとしたことか！　でも、その小さな出っぱりの上で、私もあいつの死体の横で最期《さいご》を迎《むか》えるかもしれないと思ったら、恐ろしさが込《こ》み上げてきた」

「トーチャーが見つけてくれてほんとうによかったわ」ドラゴン・マスターの気力がよみがえってきたことに感激《かんげき》しながら、ベアトリスが言った。

「ほんとうによかった」ドレイク博士も同意し、誇《ほこ》らしげなようすで頭をかしげているトーチャーにコップの水をかかげてみせた。

「トーチャーにドラゴン・アイを渡《わた》して、私が生きていることを君たちに伝えたかったんだが、ほんとうに運がよかった！　コアが私を助けだしてくれなかったら、そんなに長くはもたなかったはずだ」

「コアがあなたを助けたとき、ツングースドラゴンはいなかったんですか？」

「ああ、いなかったよ。最初はおかしいなと思ったんだが、それには訳《わけ》があることをコアが教えてくれたんだ」

博士はちょっと間をおくと、水をもうひと口飲んだ。そしてやっとほほ笑《え》んだ。ぼくたちが何かたくらんでいるような表情をしているのがわかったようだった。

「ツングースドラゴンは視力《しりょく》に問題があるのかもしれない。アレクサンドラの先祖がツングースドラゴンを訓練できないと判断したのも、それが原因だったかもしれない。やつらの視力は、昼間はほかのドラゴンと同じくらい優《すぐ》れているが、夜はほとんど見えないはずだ。アレクサンドラ・ゴリニチカの部隊が空を見張っているのに、コアがここにずっといられるのもそれが理由だ」

そのときまでに、コアはぼくたちの横をすべるように進んで、ため込《こ》んだ宝石《ほうせき》の山の上にとぐろを巻《ま》いた。彼《かれ》が突然《とつぜん》出した野太い声が、ほら穴《あな》にこだました。

「わしがツングースドラゴンにこの島をうろつき回るのを許しているのは、わしが臆病《おくびょう》だからではない。わしにはきわめて重大な使命がゆだねられているんだ。ずっと昔……」

コアは一瞬《いっしゅん》間をおくと、自分に注目が向いていることを確かめるように、ほら穴《あな》の中を見回した。

「この場所はずっと大きな陸の一部だった。そこでは人間とドラゴンが仲よく暮《く》らしていたんだ。その陸は……」

「アトランティス！」ベアトリスとぼくは一緒《いっしょ》に歓声《かんせい》をあげた。伝説が現実のものになるかもしれない発見に、ぼくらは興奮《こうふん》していた。

「そのとおり。人間たちは運河に囲まれた大きな都市に住んでいた。いっぽうでドラゴンは火山の下にある地下の町に暮らしていた。それをわしらは燃える山、あるいはドラゴン語で『Tlatla《トラトラ》』と呼《よ》んでいた」

「Tlatlaだって！　石碑《せきひ》に刻《きざ》まれていた名まえだ！」ぼくは息を飲んだ。

「そのとおり」コアが認《みと》めた。でも、ぼくが途中《とちゅう》で口をはさむので少しいらいらしているようだった。

「アトランティスが大変動で破壊《はかい》されたとき、人間の都市は波の下に沈《しず》んだ。そしてドラゴンの町はとてつもない量の泥《どろ》と溶岩《ようがん》の下に埋《う》もれた。ドラゴンたちは空を飛んで災害から逃《のが》れることができたので、その多くが生き残り、ここに戻《もど》ってきた。ところが、しばらくするとその数が減ってきた。人間たちの町が再建されなかったからだ」

「生き残った人間はいないの？」ベアトリスが尋《たず》ねた。

「一人もな。しかし人間たちはこの島を時どき訪《たず》ねてきた。ドラゴンに対して友好的な者もいた。しかし、ほとんどの人間は我々《われわれ》をけだもののように扱《あつか》い、攻撃《こうげき》してこのすみかから追い出そうとした。

ある日、二人の騎士《きし》が黒い帆船《はんせん》でこの島にやって来た。彼《かれ》らは王の怒《いか》りから逃《のが》れてきたんだ。ほかの旅人とは違《ちが》って、この二人は、ドラゴンをやっつけるか奴隷《どれい》にするために、恐《おそ》ろしい武器を携《たずさ》えてきた。彼らがそれを使いはじめてからそんなに時間はたっていない。最初、ドラゴンたちは騎士と戦った。しかし、くやしいことだが、ドラゴンが太刀打《たち》ちできない強力な武器が一つあったんだ」

「それって、もしかしたらドラゴン・ハンマーのこと？」ぼくは再び口をはさんだ。

「ああ、そうだ。東の氷の地帯から来たシャーマンによって鍛《きた》えられた、我々《われわれ》がそれまで見たこともない何にも勝る殺りくのための道具だった。ひとたびその力が解き放たれると、島じゅうのドラゴンは1頭残らず殺された。父や母、兄弟、姉妹……すべてだ。彼《かれ》らの遺体《いたい》は倒《たお》れた場所で腐《くさ》るままにされた。すべて、のはずだったが、2頭が残った」

「あなたなの？」ベアトリスは息を深く吸《す》い込《こ》んだ。

「わしの兄弟とわしは、戦いが起こったときに島から離《はな》れていた。戻《もど》って恐《おそ》ろしい大虐殺《だいぎゃくさつ》の跡《あと》を目にして、騎士《きし》に対する永久の復讐《ふくしゅう》を誓《ちか》った。だが、すぐに攻撃《こうげき》することはできなかった。というのは、ドラゴンの一族を始末するのにどんなおぞましい武器を使ったのか見当もつかなかったからだ。しかし、それを知るのに、それほど長い時間はかからなかった」

「ベアトリス・クロークでしょ！　彼女《かのじょ》が息子のダニエルと来たの？」

それに答えるかのように、コアはほら穴《あな》をもう一度明るく照らした。今度はドレイク博士もそこに描《えが》かれたものを見ることができた。

「なんということだ……」

ドレイク博士は自力で立ち上がり、壁《かべ》に近寄って絵を詳《くわ》しく確かめようとした。

「これは、ほんとうにすばらしい」

「ダニエル・クロークがここに絵を描いたんだ」とコア。

「私の理解がまちがっていなかったら、ベアトリス・クロークはおまえを助けて、この島を荒《あ》らし回った悪のドラゴン結社の騎士《きし》を倒《たお》し、悲劇《ひげき》が繰《く》り返されないようにハンマーを隠《かく》したようだな」

コアの目がものいいたげに光った。

「ベアトリス・クロークは人間に対するわしの信頼《しんらい》を回復してくれた。だから、わしは彼女《かのじょ》のためにドラゴン・アイをつくった。それはドラゴン学者とドラゴンの間の約束の象徴《しょうちょう》だ。わしは彼女の後継者《こうけいしゃ》がそれを引き継《つ》ぐことを願っていた。わしのようなドラゴンが、彼らが必要としているときに助けるためだ」

「あなたがツングースドラゴンの見張りからどうやって逃《のが》れたか、私にはまだわからないわ。もし夜あなたのことが見えないとしても、においでわからないかしら？」ベアトリスが尋《たず》ねた。

「ああ、確かに。しかし、においはごまかせる。わしはこいつを使って、ほかのドラゴンから長いこと自分を隠《かく》してきた」コアは、ほら穴《あな》の隅《すみ》にある、乾《かわ》いた粘土《ねんど》でつくられた大きな灰色《はいいろ》のかたまりを指さした。

「アンバーグリス！」今度はドレイク博士が大声を出した。

ぼくは近寄ってそれを確かめた。コアとこのほら穴を包んでいる奇妙《きみょう》なにおいの正体がそれであることは、明らかだった。

「何かの種類の石？」

「いいや。マッコウクジラの胃《い》からつくられるものだ。これを香料《こうりょう》として利用する人間がいると聞いている。確かに、ここでは海岸でよくとれるものだし、ツングースドラゴンがこのほら穴《あな》に興味を示すことを防いでくれているようだ。やつらは、見たとおりじつに間抜《まぬ》けな生き物だ。ところが、恐《おそ》ろしい女主人ときたら、悪魔《あくま》のような知能を持っている」

「彼女《かのじょ》はドラゴン・ハンマーを探《さが》しているんだね？」

「そうだ。ドラゴン・ハンマーがどこかの洞窟《どうくつ》に隠《かく》されていることを、あの女は知っているはずだ。でもどうやったらその洞窟が開くのかは知らないし、これからも知ってほしくないね。ところが、あの女には意のままに使える武器がもう一つある。ドラゴンの粉を使って、ドラゴンの部隊をコントロールしているんだ。それは知っているか？」

　ベアトリスがうなずいた。

「ええ。母親のドラゴンが子どもドラゴンの世話をするときに生みだすものでしょ？」

「そのとおりだ。彼らの息が固体化したものだが、それにはとても長い時間がかかる。実際のところ１００年ほどかかって一定の量がたまるが、アレクサンドラ・ゴリニチカはそれをほとんど切らしかかっている」

「ほとんど切らしかかっているのね！」ベアトリスはほほ笑《え》み、ぼくは心臓《しんぞう》がドキドキするのを感じた。それがほんとうであったらいいのだが。

「ドラゴンの粉をもっと見つけるために、アレクサンドラはどうしてすべてを投げうつようなことをしていると思う？　フロストドラゴンを奴隷《どれい》にするために残っているすべてを使い切った。火と冷気で岩を砕《くだ》くことが、失われたドラゴンの町を掘《ほ》りだすのにいちばん手っ取り早い方法なんだ」

「それが探《さが》しているものなんだね？　まだそこにドラゴンの粉があるっていうの？」

「ああ、そうだ。もし繁殖《はんしょく》のための場所にたどり着けたら、アレクサンドラは、千年以上ため込《こ》まれた莫大《ばくだい》な量のドラゴンの粉を見つけるだろう。そうして、ドラゴンの部隊を使ってさらに百年にもおよぶ損害をもたらすだろう。そのあと、ドラゴン・ハンマーを見つけるのに全精力をそそぐはずだ」

　そのとき急に、あることに気がついた。

「でも、もしハンマーがそれほど危険《きけん》なものなら、ベアトリス・クロークはどうしてすぐにそれを破壊《はかい》しなかったの？」

「預言《よげん》があったからだ」コアは断言した。

「預言だって？」ドレイク博士が眉《まゆ》をつり上げた。

「そうだ。預言があることが、わしがこの島にい続ける理由だ。ベアトリス・クロークがわしに示してくれた。彼女《かのじょ》はそれをドブリニヤという名まえの古代のシャーマンから授けられたんだ。ドブリニヤは、その邪悪《じゃあく》なものをつくりだしたことをにがにがしく思っていた」

「それで、預言は何と？」声を出したのはドレイク博士だったが、みんな同じようにそれを聞きたかった。

コアはゆっくり時間を取ったあと、説明を始めた。

「要するに、預言とはこうだ。ハンマーはドラゴンにとって、ほかの何よりも恐《おそ》ろしい悪の源《みなもと》だ。しかしいつの日か、別の悪があらわれてそれに対抗《たいこう》する。二つの悪は一緒《いっしょ》になって破壊されるはずだ。しかし別べつではそれができない。どちらか一方がないと、残った一方は破滅《はめつ》に向かう魔法《まほう》をドラゴンにかけ、徹底的《てっていてき》な破壊《はかい》がもたらされる。つまり、預言に従《したが》えば、ハンマーはほかの悪があらわれるまで、隠《かく》しておかなければならないんだ」

「でも、それとドレイク博士はどんな関係があるの？」

「預言には二人の人間のことが記されている。ドラゴンについて豊富な知識を持ち、ドラゴン・ハンマーのために戦う人間だ。一人は、わしが悪と言った者だが、奴隷《どれい》の部隊を引きつれている。そしてふらちな助手がいる。もう一人は、ドラゴンを助けに来るのだが、自由な生き物の部隊を引きつれてくる。助手は子どもなのだが、年齢《ねんれい》以上にドラゴンについて賢《かしこ》い知識を持っている」

「それじゃあ、アレクサンドラ・ゴリニチカが最初のやつで、もう一人がドレイク博士だっていうの？」

「ドラゴン・アイの宝石《ほうせき》には、ベアトリス・クロークの役割《やくわり》を引き継《つ》ぐ者としてドレイク博士の像がわしには見えている。それだけでなく、わしがとりわけ納得《なっとく》できるのは、ドラゴン・マスターが二人の子どもを連れてここに来たことであり、その子どもたちもドラゴンについてよく知っているように見えることだ」

「ドラゴン・マスターがそのような大きな責任を持っているにもかかわらず、預言《よげん》について何も知らないなどというのは、あり得ないことだ。ベアトリス・クロークはどのようにして預言を学んだのだろう？」ドレイク博士は考え深げだった。

「ハンマーには、ドラゴン文字が一面に刻《きざ》まれたクリスタル製《せい》の金床《かなとこ》がついていて、それにハンマーのいわれがすべて書かれているんだ」コアは説明した。

「そうしたら、おまえの役目はいったい？」ぼくは体を震《ふる》わせながら尋《たず》ねた。

「わしは自由ドラゴン部隊の触《ふ》れ役なんだ。わしの役目は、預言を解き明かす証人となることであり、預言を記憶《きおく》しておくことであり、時が来たら部隊を招集《しょうしゅう》することだ。同時に、ドラゴンを助けに来る者を、さっきのようなやり方で、できる限り援助《えんじょ》する役目もある。じつはさっきの役目は、本来はわしの兄弟がするべきはずだった。ところが、……兄弟はもういないんだ」

ドレイク博士は厳《おごそ》かにうなずいた。

「それで、預言《よげん》はどのように成就《じょうじゅ》するのかな?」

「おまえたちはアレクサンドラ・ゴリニチカに対抗《たいこう》するために、ハンマーを使わなければならない。それで二つの悪が互いに消滅《しょうめつ》するんだ。最初にハンマーを、それが隠《かく》されている洞窟《どうくつ》から取り出さなければならない。たやすいことではないぞ」

ベアトリスは腕《うで》を組んで、コアを見つめた。

「それじゃ、あなたはその洞窟がどこだか知っているのね?」

「もちろんだ。明日、朝日が昇《のぼ》る前にわしについて来れば、見せてあげよう。今夜はここで休んでくれ。食料と水はあるのか?」

「トーチャーが取ってきてくれたリュックサックに、残りがいくらかあると思うよ」ぼくは答えた。

「いいだろう。ドラゴン・マスターとわしは、日が昇るまでに多くのことを話し合わなければならん」

第9章　ドラゴンの闘技場《とうぎじょう》

タキトゥスのようなローマの歴史家ですら、血に飢《う》えたゲルマン人との戦いについては熱心に記述するいっぽう、ローマ人がドラゴンをいかに無慈悲《むじひ》に扱《あつか》ったかについては、彼《かれ》の年代記から省いてしまった。

――アーネスト・ドレイク博士著『ドラゴンとの生活の思い出』１９１９年

ドレイク博士がぼくたちを起こしたのは夜明け前だった。ベアトリスとぼくは頭がぼんやりしたまま、コアの背中《せなか》によじ登った。ドレイク博士がコアの頭近くにしがみつくようすがほほ笑《え》ましかった。ぼくたち二人は真ん中で、トーチャーはしっぽの近くにいた。アンフィテールのコアは、火山の頂上《ちょうじょう》近くまで一気に上昇《じょうしょう》し、何度か旋回《せんかい》したあと、急斜面《きゅうしゃめん》になっているジャングルの渓谷《けいこく》に下りていった。ぼくたちは大音響《だいおんきょう》をとどろかす滝《たき》の滝つぼのそばに着陸した。二度と来たくない場所だった。

「ベアトリス、ここって昨日崖《がけ》から飛びおりたところじゃないの?」

「私もそう思う。でも、どこにも洞窟《どうくつ》なんて見えなかったわ」

「高い出っぱりのところにある入口が滝《たき》で隠《かく》されているからだ。自然の洞窟だが、しっかりした扉《とびら》で封《ふう》じられていて、秘密《ひみつ》の鍵《かぎ》でしか開けることができない」コアが説明した。

「それじゃ、そこまで登れるってこと?」ベアトリスは、とどろく滝のほとばしりを見上げ、暗闇《くらやみ》に目をこらしながら尋《たず》ねた。

「クモでもない限り、ほとんど不可能だ。しかし上からなら可能だ。人間の男がロープで下りてきたのを見たことがある。ゴリニチカの仲間にドワーフドラゴンがいるが、あいつにとっては崖なんて目じゃないはずだ。そいつは崖を調べる人間を助けていた」

あの忌《い》まわしいフリッツの姿《すがた》が目に浮《う》かんできた。ぼくは、その卑劣《ひれつ》なドワーフドラゴンのことを頭からふり払《はら》おうとした。

「それより、アレクサンドラは洞窟の場所を知っているのか?」ドレイク博士は少し心配そうだった。

「心配には及《およ》ばない。扉《とびら》を見つけたとしても、絶対に開けることはできない。ドラゴン・マスターにしか開けられないんだ」

ぼくははやる思いで暗闇《くらやみ》を見つめた。「何か見える？」

「待て。もうすぐ日が昇《のぼ》る。おまえを乗せて飛び上がれば、はっきりと見えるさ」

コアは滝《たき》を半分ほど上がったポイントまでぼくたちを乗せてくれた。星のきらめきが消えかけ、太陽が地平線に姿《すがた》を見せると、渓谷《けいこく》は光と鮮《あざ》やかな色に包まれた。目の前には岩の出っぱりがあり、その向こうに背《せ》の高い、アーチ形の戸口が見えた。それは水の流れの後ろに隠《かく》れていて、下からは見えなかったのだ。

驚《おどろ》いたことにコアはそこに着地せずに、向きを変えて、出っぱりからはるかかなた、火山の側面にある古びた廃墟《はいきょ》のところまで飛んできた。弓なりになった階段状《かいだんじょう》の石が巨《きょ》大《だい》な半円形の舞台《ぶたい》の周りにそびえ立ち、最上部の列の真ん中には朽《く》ちた石づくりのあずまやがあった。さらに驚いたのは、王冠《おうかん》をつけたアンフィテールとヨーロッパドラゴンが闘《たたか》っているような像がその上にあったことだ。

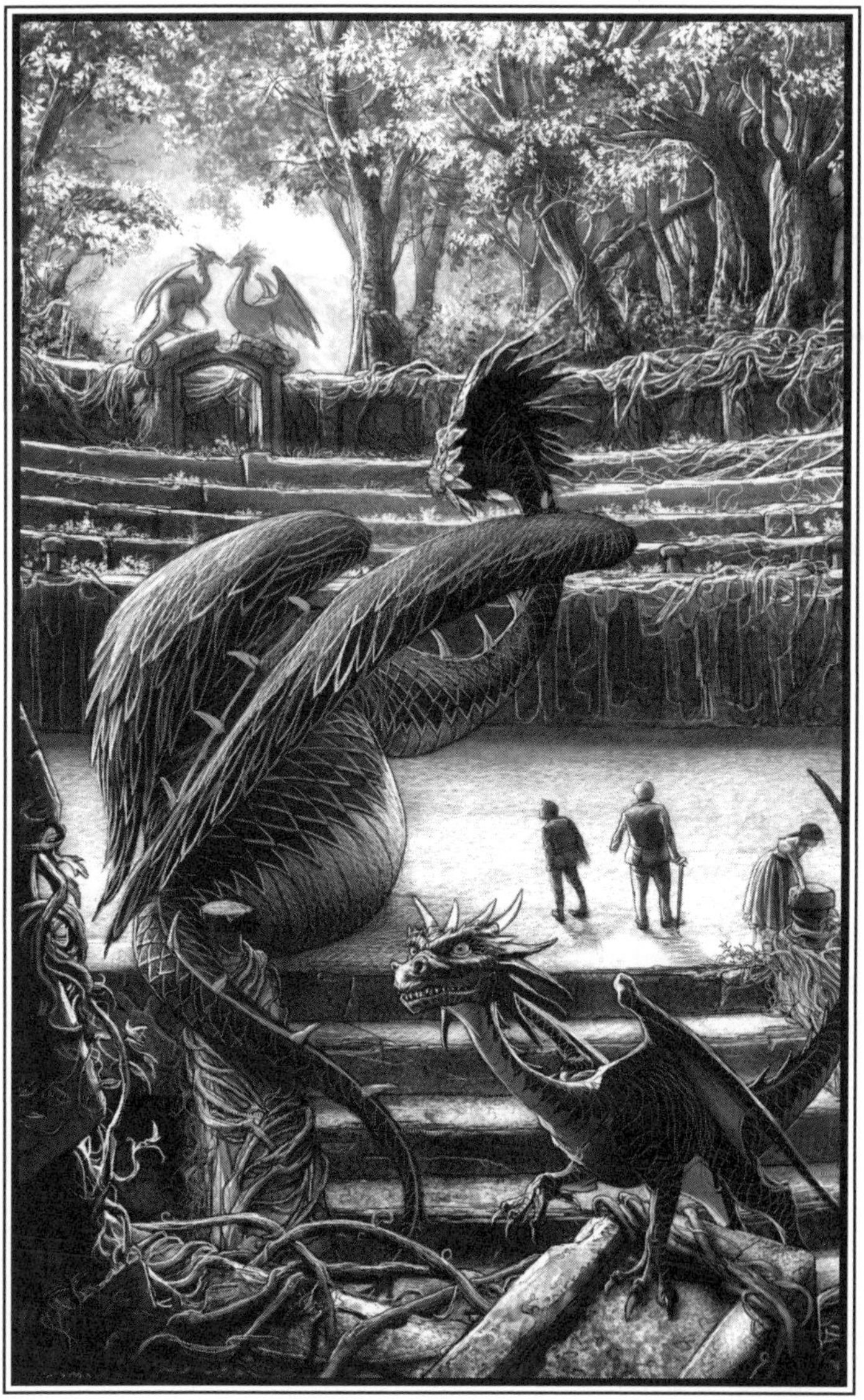

コアが着地するとすぐにぼくたちは飛びおりた。トーチャーはもう廃墟《はいきょ》の中を探《さぐ》りはじめていた。

「ここは安全なの？」ぼくは心配して尋《たず》ねた。というのは、もう昼になっていて、追手がやって来てぼくたちをいつ捕《つか》まえてもおかしくなかったからだ。

「人間のにおいもドラゴンのにおいもしない。しかし、じっとしていてはだめだ。この島で安全なところなど今はどこにもない。アレクサンドラは必ず偵察《ていさつ》を使って、おまえたちを探《さが》すだろう。こちらが有利な点はただ一つ、ドラゴン・マスターが死んだはずだと彼女《かのじょ》が思っていることだ」

「でもここは何の場所なの？　まるでローマの円形闘技場《とうぎじょう》みたいね」とベアトリス。

「まさにそのとおりだ。ここはドラゴンの闘技場なんだ」

「ドラゴンの闘技場？」ぼくは闘《たたか》いの像《ぞう》を見て、2頭の立派《りっぱ》なドラゴンが闘っている光景を想像し、ちょっとスリルを感じてしまった。そのとき、トーチャーが不安げに像のにおいをかいでいるのに気がつき、思わず恥《は》ずかしさでいっぱいになった。ドラゴンがいや応なく死ぬことになる闘《たたか》いを楽しむなんて、やっぱりできやしない！

「それじゃあ、ここで私たちは何をするの？」

「ドラゴン・ハンマーを求める旅が、ここから始まるんだ。ベアトリス・クロークは何世紀にもわたって、ドラゴン・マスターがその力と知恵のために堕落《だらく》することを恐《おそ》れた。だから、ハンマーを取り出すために洞窟《どうくつ》を開ける前に、ドラゴン・マスターが合格しなければならない試験をいくつか設けたんだ」

「あなたも、洞窟を開けられないの？」ベアトリスは驚《おどろ》いてコアに尋《たず》ねた。

「ベアトリス・クロークは、預言《よげん》で言いつたえられているただ一人だけがそこを開ける力を持てるようにした。それがドラゴン・マスターのはずだ。そして秘密《ひみつ》の鍵《かぎ》の所在についての手がかりを隠《かく》した。アトランティスが破壊《はかい》されてから1万2千年後に、4つの民族が探検隊《たんけんたい》をこの島に送り込《こ》んだ。今では彼《かれ》らが残したものはすべて廃墟《はいきょ》になってしまっているのだが。手がかりは、それぞれの探検隊によって廃墟に隠されている」

コアは説明した。

ドレイク博士はほほ笑《え》んだ。

「ギリシャの哲学者《てつがくしゃ》プラトンは、アトランティスの大変動は彼《かれ》の時代からちょうど9千6百年前に起こったと見積もっていた。彼は正しかったようだ！」

博士は目の上に手でひさしをつくりながら、あたりを見回した。

「手がかりはすべてこの島にあるのかな？」

「ああ。探《さが》さなければならない場所が4か所ある。このドラゴン闘技場《とうぎじょう》がその一つだ。ここはローマの皇帝《こうてい》アウグストゥスの時代のものだ。次に訪《たず》ねるべきなのは、名まえがソルスタンというヴァイキングの配下によって建てられた、ドラゴン文字の刻《きざ》まれた石碑《せきひ》。3つ目はアステカの時代のピラミッド。そして最後に、ベアトリス・クローク自身が建てた墓場で、ドラゴン・ハンマーをここに持ち込《こ》んだ騎士《きし》の遺体《いたい》を納めたものだ」

「手がかりはどのようにしたらわかるの？」

「それはおまえたちが見つけなきゃならない。しかし手がかりを一つ見つければ、それが次の手がかりに導いてくれるはずだ」ぼくの質問にコアが答えてくれた。

「ほんとうに私たちには時間がないの。アレクサンドラが危険《きけん》なことをしているのを知っているでしょ？　鍵《かぎ》のありかを知っているなら、時間を無駄《むだ》にしないで、私たちにすぐに教えてくれてもいいんじゃないの？」

コアはしっぽをピシッとはじいた。

「それはわしも知らんのだ。わしはドラゴン・アイの宝石《ほうせき》をつくった。ところが、洞窟《どうくつ》をふさいでいる破れない扉《とびら》をつくったのはわしの兄弟なんだ。そして鍵をつくって手がかりを準備したのは、ベアトリス・クロークとその息子のダニエルだ。ベアトリスは、預言《よげん》にその名が記された者以外にはだれにもドラゴン・ハンマーに手を触《ふ》れさせないという点はゆずらなかった。ハンマーがすぐに解き放たれたら、悪を引き起こすだけだ。あるいはふさわしい時より前に破壊《はかい》されると、ドラゴンに待っているのはまったく希望のない未来だけだ」

「我々《われわれ》が手がかりを探《さが》しているあいだ、あんたはここにいて見張っていてくれるのか？」

ドレイク博士は顔を曇《くも》らせて聞いた。

「それはできない。預言《よげん》の働きが始まったからには、自分にできることをしなきゃならん。自由ドラゴンの部隊を招集《しょうしゅう》するんだ。それも簡単《かんたん》ではない」

突然《とつぜん》ぼくはある考えがひらめいた。

「イギリスまで飛ぶってのはどう？　イドリギアとイギリスのドラゴンたちが助けたいと思っているし、ここで起きていることを知らせることができるよ」

「ふむ、わしが最初に行くのはそこらしいな。ドラゴンのウォントリーダムを探《さが》しだそう。彼女《かのじょ》と会って話をしてから、もう何世紀もたっている」

「残念だが……ウォントリーダムは、我々《われわれ》がここで戦っている敵によってむごたらしく殺された。イドリギアが今のガーディアン・ドラゴンだ」ドレイク博士が告げた。

コアはうめき声を出した。

「まったく、いたましい限りだ。わしは誠実な友人の協力者を失った」

「彼女はドラゴン・アイを守って死んだ。彼女がどれほど勇敢《ゆうかん》で、その死をどれほど多くの人が悲しんだか、この子どもたちが証言してくれるよ」

「彼女《かのじょ》の死を無駄《むだ》にしてはいけない！　イドリギアを探《さが》しだそう。援軍《えんぐん》を確保したら、おまえたちのところへ戻《もど》ってくる！」コアは力強い声をあげた。

「イギリスへ行くだけ？　ほかでも援軍を求めないの？　パリのパンテオンとガーゴイルたちがきっと喜んで仲間に加わるよ。それと、ファキ・キファ・カフィたちヒドラと、ウワッサたちワイバーンも、アレクサンドラ・ゴリニチカを打ち倒《たお》すためなら何でもするはずだよ。中国の龍《ロン》もそうだと思うよ」

「集められるだけの援軍を集めたら、ドラゴン・ヴァインを通じてメッセージを送ろう」

ぼくの提案にコアが答えた。

「もう一つ頼《たの》んでもよいかな？」今度はドレイク博士が尋《たず》ねた。

「イギリスに着いてイドリギアを探しだしたら、アプレンティスのエラスムスに何が起こったかを調べてくれんか？」

「エラスムスだと？」コアは眉《まゆ》をピクリとさせ、わずかに頭をかしげながら尋ねた。

「私たちの友だちなの。ツングースドラゴンが私たちをさらったときに、私たちを守ろうとして墜落《ついらく》したの」ベアトリスが答えた。

「わかった。そのエラスムスがどうなったかも調べてみよう。それじゃ、わしは行かねばならん。幸運を祈《いの》る」

「待って！　どれくらい時間がかかりそう？　あなたなしで、私たちはいったいどうやって生きのびればいいの？」

コアは今にも飛び立ちそうだったが、少し待ってから言った。

「出発する前に、おまえたちのためにいくつか準備をしておこう。岬《みさき》の石碑《せきひ》のところに行ってみるがいい」例の背《せ》の高い石碑のことだ。

「勇気をもって、敵に立ちむかうんだ！」

コアが話している間、ドレイク博士はずっとおし黙《だま》っていたが、大ドラゴンを正面から見つめると、深刻《しんこく》な表情で言った。

「コア、お願いがある。ベアトリスとダニエルをロンドンに連れかえってくれないか？　これは私のためなんだ」

ぼくは耳を疑《うたが》った。あり得ない！　あれだけのことを見て、体験してきたのに、ドレイク博士はぼくたちをここから遠ざけるっていうのか？　まさか、自分だけでアレクサンドラや、残虐《ざんぎゃく》な手下どもと戦うって本気で思っているのだろうか？

「あなただけでやるのは無理ですよ」ぼくは思わず口走っていた。

「預言《よげん》にも、子どもの助手が必要だってあったでしょ？」ベアトリスもつけ加えた。

しかし、ドレイク博士の表情は変わらなかった。

「預言が何と言おうと、私はそんなことを許すわけにはいかない。危険《きけん》すぎる！」

「悪を打ち倒《たお》すためなら、望まれることは何でもやるつもりだ。しかし、わしは子どもたちを連れていくことはできない」コアは再び飛び立つ姿勢《しせい》をといた。

「この点について、預言ははっきりと言っている。彼《かれ》らなしには、おまえが生きのびることはないだろう。もっと言えば、子どもたちはすでに預言の成就《じょうじゅ》に重大な役割《やくわり》を果たしている。良かれ悪しかれ、彼らはこの冒険《ぼうけん》の最後を見届《みとど》けなきゃならんだろう」

ドレイク博士はぼくたちのほうを向くと、眉《まゆ》をひそめ、口ごもるように言った。

「ほんとうに危険《きけん》な目にあわせたくないんだ。選択肢《せんたくし》はないのかもしれないが、君たちに何が起こるか心配でならない。あの女がどれほど危険な存在《そんざい》か、君たちもわかっただろう。とは言ってもな……」博士はそこで気持ちを入れかえたのか、少し笑顔《えがお》を見せた。「とにかく、有能な助手がいてくれるのは、とても助かるよ。なんだかんだ言っても、君たちは思った以上に、ドラゴン学の手がかりを解明することで自分たちの価値《かち》を証明してきた」

コアはぼくたちの会話を忍耐《にんたい》強く聞いていたが、再び、飛び立つ準備を始めた。

ベアトリスがそのようすに気づいた。

「お母さんたちがどうなったか、聞いてきてくれないかしら？　私たちが連れ去られた日から、二人には連絡《れんらく》が取れなくなっているの」

「やれる範囲《はんい》でやってみる」そう答えたコアの声は、空高く舞《ま》い上がるにつれて小さくなっていった。最後はほとんどささやき声のようだった。

「さらばだ！」

コアは闘技場《とうぎじょう》の上を旋回《せんかい》し、海の方向へ飛び去った。そのようすを眺《なが》めていたとき、ドレイク博士が大きなため息をつきながら言った。

「さあ、始めよう。急がなければならん」

「でも、どこから始めたらいいですか?」

「そうだな……。トーチャーが侵入者《しんにゅうしゃ》を警戒《けいかい》してくれるなら、分かれて捜索《そうさく》できるんだが。碑文《ひぶん》と、絵柄と、ドラゴン文字を探《さが》してみよう。ローマ式の闘技場に似つかわしくないものは何でも見つけるんだ」ドレイク博士は何度もあごをなでながら考えていた。

「博士は、そもそも預言《よげん》についてどのように考えているんですか?」

「預言とは不思議なものだ。しばしば我々《われわれ》が考えつかないような方法で成就《じょうじゅ》することがある。それに、コアが言うこととは矛盾《むじゅん》するのだが、私がここに来たのはまったく偶然《ぐうぜん》の一致《いっち》かもしれん。もちろん、この島と神秘《しんぴ》といにしえのドラゴン学者協会とのつながりについては、大いに興味をそそられてはいるがね」

遠い先祖のベアトリス・クロークが何世紀も前に手がかりを残した場所に立っていることが、考えれば考えるほどすごいことに思えてきた。ドラゴン文字を調べるとき、見てすぐにそれが手がかりだとわかればいいのにと願った。

舞台《ぶたい》の中央から前に下る、大きな石づくりの階段《かいだん》があった。ドレイク博士によると、ローマ時代にはそこにはね上げ式のふたがあり、下の猛獣《もうじゅう》の檻《おり》につながっていたそうだ。それはドラゴンの大きさにぴったりのように見えた。トーチャーがけげんそうににおいをかいでいた。ぼくの背中《せなか》に悪寒《おかん》が走った。

「ドラゴンどうしで闘《たたか》わせたんですか？　それともドラゴン対人間で？」

「ローマ人はキリスト教徒を処刑《しょけい》するために、猛獣の中に投げ入れたんじゃないですか？」ベアトリスもこわごわと聞いてきた。

「二人ともいい想像力を持っているね。だが、地下を捜索《そうさく》する前に、地上から調べたほ

❇

うがよさそうだね」ドレイク博士は冷静に、石づくりのあずまやを指さした。

古代のパズルを解くことにいくらかのスリルを感じていたが、時間は待ってはくれない。ぼくたちがドラゴン・ハンマーを見つけるのを、アレクサンドラ・ゴリニチカが手段《しゅだん》を選ばずに阻止《そし》しようとするのは明らかだったし、島自体も火山の爆発《ばくはつ》でいつふっ飛んでしまうかもわからなかった。

ぼくはベアトリスとドレイク博士についてあずまやに入った。ベアトリスは彫刻《ちょうこく》が施《ほどこ》された玉座《ぎょくざ》を調べていた。

「何か見つかった？」

「何も。でもこれは……」ベアトリスは天井の一角を指さした。

ほとんどはくずれ落ちて空が見えていたが、残った部分に、今まさに立っているような闘技場《とうぎじょう》の色あせた絵があった。網《あみ》を持った一人と、剣《けん》を握《にぎ》った二人の剣闘士《けんとうし》が、炎《ほのお》を吐《は》くアンフィテールと戦っているのが見てとれた。剣を持った男たちは背中《せなか》合わせに立ち、網を持った男は傷《きず》ついて倒《たお》れていた。上のほうには紫《むらさき》のトーガを着た皇帝《こうてい》が描《えが》かれ、親指を下に向けていた。

皇帝《こうてい》が座《すわ》っていた場所を見ていて、ぼくはあることに気がついた。でもベアトリスのほうが先だった。

「この絵は、ここの闘技場《とうぎじょう》だわ！　背景《はいけい》にある火山の稜線《りょうせん》を見てよ！」

「それに、ここを見て！　座席《ざせき》のいくつかにしるしがついているよ」

ぼくは、黄金の十字、馬、短剣《たんけん》、五角形の星の４つのしるしを指して言った。

「何かの手がかりじゃないの？」

ドレイク博士がもっと近寄って観察した。

「もし手がかりだとしても、残念ながらどう解釈《かいしゃく》したらいいかわからんな。もしかしたら、ローマのいくつかの大貴族《だいきぞく》のしるしかもしれん」

ちょうどそのとき、トーチャーが入口のところに姿《すがた》を見せた。

「グスカス」そう言うと、心配そうな目を向けた。

頭上を見ると、ツングースドラゴンの一団がこちらに向かってきていた。まだ遠くだが、ここに来るのは時間の問題だった。空から見つかるところにいなかったのは、不幸中の幸いだった。ぼくたちはすばやく身をかがめた。

「見つけられないわよね？」とベアトリス。

「やつらはずいぶん低く飛んでいるな。どこかほかの場所に隠《かく》れよう。さあ、ついて来るんだ！」ドレイク博士が指示してくれた。

あずまやから出て階段《かいだん》を下りると、そこは舞台《ぶたい》の下につながる広い廊下《ろうか》になっていて、いくつものほら穴《あな》に通じていた。ぼんやりした光に目が慣れてくると、いちばん奥《おく》の大きなほら穴にドラゴンサイズの水飲み場があり、その横の壁《かべ》に大きな金属《きんぞく》のボルト跡《あと》があるのがわかった。

「ここがドラゴンの檻《おり》なんだね」ささやいたつもりの声が、広い空間にこだました。

「これを見て！」ベアトリスが声をひそめて言った。彼女《かのじょ》はほら穴の奥深くまで進んで、壁にある何かを指さした。

「絵があるわ。ドラゴンが描《えが》いたものじゃないかしら？」

「可能性はあるね」ドレイク博士はそう言うと、廊下《ろうか》の向こう側から見渡《みわた》した。

「文字も書いてあるわ。博士、これって翻訳《ほんやく》できます？」ベアトリスはドレイク博士を手招《てまね》きした。

ドラゴン・マスターはそれを見つめ、眉《まゆ》をしかめた。

「むずかしいね。こんな文字は見たことがない。形からすると、シュメールのくさび形文字と、古代アステカ文字の中間のようだな」

「古代のアトランティス語じゃないですか？　アトランティスの人たちが使っていたんじゃない？」ぼくは興奮《こうふん》していた。

「1万2千年もたっているようには見えないわ。アトランティスの人たちが使っていたなら、それだけ古くなくちゃならないでしょ？」

ドレイク博士はほほ笑《え》んで言った。

「たぶん、この文字は捕《つか》まったアンフィテールが爪《つめ》で引っかいたものだろうね。だとしたら、残念だが我々《われわれ》の捜索《そうさく》の役には立たないな。ベアトリス・クロークが古代アトランティス語の手がかりを残したとは思えないね」

「それじゃあ、どうしたらいいですか?」

「捜索《そうさく》を続けよう」ベアトリスの質問にドレイク博士が答えた。

ぼくは、壁《かべ》に別の引っかき傷《きず》があるのを見つけた。

「ここの絵には文字がありませんよ。これもドラゴンがやったものなんですか?」

「どれどれ」ドレイク博士は、全体がはっきりと見える位置まで後ろに下がった。

「この技法は、ほかの絵と比べると少し原始的に見えないかい?　でも、いいところに気がついたね。絵柄が二つある。一つは飛んでいるドラゴンで、もう一つは……ドラゴンが吠《ほ》えているんだ」

「あっ、ここの下に別の絵がありますよ。杯《さかずき》、剣《けん》、箱、それにコイン。ドラゴンの宝《たから》物《もの》じゃないですか?　でも、すべてに星のしるしがついているのはどうしてだろう?」

「見て!」突然《とつぜん》ベアトリスが腕《うで》を伸《の》ばした。壁の高いところに、ドラゴンが周りをとり囲んでいる本の絵があった。神秘《しんぴ》といにしえのドラゴン学者協会のシンボルだ。

「そうだ、この絵はベアトリス・クロークが書き残したものにちがいないよ！　でも何を意味しているの？」

ベアトリスは少し考えると、急に笑顔《えがお》を見せた。

「わかったわ！　S.《エス》A.《エイ》S.《エス》D.《ディー》の合言葉じゃない？　ドラゴンが飛ぶとき……」

「ドラゴンは目でこれを探す」ぼくは興奮《こうふん》のあまり跳びはねていた。

「それじゃ、ドラゴンが吠《ほ》えるときは？」

「もちろん、ドラゴンはそれをかぎ爪《づめ》でつかむ！　自分がつくったってコアが言っていた謎《なぞ》かけだ。答えは『宝物《たからもの》』さ。問題は、どうやったら探《さが》しだせるかっていうことだよね？」

「なんとか解けるかもしれない。あずまやの天井にあった絵に手がかりがあったろう？」

ドレイク博士が言った。

「えっ、それってどういう意味ですか？」とベアトリス。

「星だ！　星のしるしのことじゃないですか？　ぼくたちがやらなきゃいけないのは、

絵の中のどの座席《ざせき》に星のしるしがあるかを確認《かくにん》して、それが実際の闘技場《とうぎじょう》のどの席かを探《さが》すことですよ。ベアトリス・クロークの手がかりがそこにあるんだ！」

❈

ぼくたちが安全な地下の部屋からあずまやに戻《もど》ろうとしたころには、ツングースドラゴンの姿《すがた》はどこにも見られなかった。しかし、あずまやに達する前にドレイク博士が手をあげて止めた。

「待って！」彼《かれ》は入口のそばにあった小さな手押《てお》し車を指した。トーチャーがそれに喜んで駆《か》けよっていった理由が、一瞬《いっしゅん》理解できなかった。

「コアだ！　彼が言っていた準備って、これのことだね。ぼくたちがほら穴《あな》に入っている間にここに置いてくれたんだ」

ぼくの推測《すいそく》はまちがいなかった。手押し車には、革製《かわせい》の水筒《すいとう》と、船から持ってきたビスケット、オレンジ、それにチーズがあった。これで当面の必要は満たせるだろう。

あずまやの中の壁《かべ》を調べると、星のしるしはいちばん下の列の最後から9番目の座席《ざせき》に彫《ほ》られていることがわかった。でも、実際の席を見つけようとしたとき、問題が発生した。見てわかるようなしるしはどの座席にもなかったし、闘技場《とうぎじょう》の一部はくずれ落ちていたので、特定の席を見つけだすのは不可能だった。

「もししるしがなかったらどうなるの？　しるしが座席の下にでも隠《かく》されていたら？」

ベアトリスは座席を形づくる石板の1枚をつかむと、持ち上げようと頑張《がんば》ってみた。

しかし、ぼくが手伝っても、ドレイク博士がやっても、重い石板を持ち上げることなどできなかった。石板の下は地面と岩だけだった。

ぼくは後ろに下がり、座席をもう一度確かめた。

「これがドラゴン学の手がかりでしたよね？　だとしたら、9番目の座席は特別なしるしがついているんじゃないですか？　ドラゴンの炎《ほのお》でそれを明らかにしてみますか？」

トーチャーが座席の後ろあたりに広く火を吹《ふ》きかけるとすぐに、まぎれもない星の形が、一つの座席からあらわれた。力を合わせてその石を基礎《きそ》から持ち上げると、古代のものらしい羊皮紙が出てきた。ぼくは満足感でいっぱいだった。

羊皮紙を持ち上げながら、ドレイク博士が言った。

「これは大したものだ。私がドラクームの一つを見たときから、ずいぶんたつが……」

「ドラクームって、何ですか？」ベアトリスが尋《たず》ねた。

「若いアンフィテールの脱皮《だっぴ》した抜《ぬ》け殻《がら》からつくられた、古代の羊皮紙だよ」

「でも、何も書いてないですね？」ぼくはひどくがっかりしていた。

「あながち悪いことではないんじゃないかしら？」ベアトリスはそう言いながら、羊皮紙のいちばん上にあるしみのようなものを指した。

「ほらここに、小さな目の絵があるじゃない！」

「でかした、ベアトリス！　あやうく見落とすところだった」ドレイク博士が大声を出した。

「でも、ただの目の絵でしょ？　まさかドラゴン・アイだっていうの？」

ぼくは肩《かた》をすくめた。

「そうだ、ダニエル！　そのとおりだとも！」

「何ですって？」ぼくはただ唖然《あぜん》とするばかりだった。

ドレイク博士は、コートのポケットからドラゴン・アイの宝石《ほうせき》を取り出し、目の高さに持ち上げた。そしてレンズがわりに、宝石を通して羊皮紙をのぞいた。

「おお、見えるぞ！　これはおもしろい！　この宝石には我々《われわれ》の知らない秘密《ひみつ》があると、エベニーザー・クルックがつねづね言っていたのはこのことだったのか。ほら、宝石越《ご》しに見てごらん。何が見えるかな？」博士はぼくに宝石を手渡《てわた》した。

何も見えなかった。

「少し宝石を回してごらん」

ドレイク博士に言われたとおりにしてみると、羊皮紙の表面にきれいな文字が浮《う》かび上がってきた。

「何かのメッセージだ！　ベアトリス・クロークからのメッセージですよね。古い書体の手書き文字だけど、何とか読めそうだ」ぼくは興奮《こうふん》をおさえ切れなかった。

「読み上げて！」そう言ったベアトリスも、うれしくて跳《と》びはねそうな勢いだった。

尊敬《そんけい》すべき我《わ》が後継者《こうけいしゃ》へ

私は深く注意を促《うなが》したい。ドブリニヤの預言《よげん》の時が貴兄《きけい》に及《およ》んでいる。また貴兄の慈《いつく》しむ者たちが恐《おそ》ろしい危難《きなん》にさらされている。それについては、手がかりを得ればさらに明らかになるはずだ。手がかりをたどれば、ドラゴン・ハンマーのある洞窟《どうくつ》への鍵《かぎ》を見いだすだろう。貴兄は10個の文字を見つける必要がある。最初のそれは、以下の謎《なぞ》かけが教えてくれる。

それは心臓《しんぞう》（heart）にあり、脳《のう》（brain）にある。

しかし、体（body）になく、血（blood）や血管（vein）にもない。

水（water）にあり、パン（bread）にある。

しかし、飲み物 (drinking) になく、食べ物 (food) にもない。
貴兄《きけい》は以下の文の中に次の手がかりのある場所を見いだすだろう。

波に洗われ、男は石碑《せきひ》を置いた。
崖《がけ》の上には、荒涼《こうりょう》とした風がうなり、
古き時代の話を物語る。
足下に3つの文字を見いだすだろう。

ドラゴン・スピードで行くのだ！

ベアトリス・クローク

ぼくはドラゴン・アイをドレイク博士に返した。

「これって、コアのほら穴近くの、ドラゴン文字のある石碑《せきひ》のことですよね?」

「でも、ここからだと、ドラゴンが働かされている場所のちょうど向こう側になるわ」

ベアトリスが心配そうにくぎを刺《さ》した。

「しかし、目的のために多少危険《きけん》をおかすのもやむを得んだろう。私もその場所を見ておくべきだろうしな」ドレイク博士は断固として言った。

「でも、危険すぎませんか?」考えるだけで、ぼくは冷《ひ》や汗《あせ》が出てきた。

「もちろん、ツングースドラゴンが我々《われわれ》をすぐ見つけるような広い台地を突《つ》っ切《き》ろうとは思っていないよ。それに、私が無事だという事実は、できるだけ秘密《ひみつ》にしておきたい。ただ、不安だとはいえ、時間が迫っている限り選択《せんたく》の余地はないだろう」

ドレイク博士はしばらく間をおいてから続けた。

「夕暮《ゆうぐ》れまでこのほら穴《あな》で待つことにしよう。その間は、ベアトリス・クロークの最初の謎《なぞ》かけを楽しむとしよう」

第10章　失われた町

近代のすべてのドラゴン学の発見は、遠い過去に得られた知識の追記にすぎないように時折思える。その時代には、ドラゴンと人間が平和に共《きょう》存《ぞん》していた。その知識の一部が、ドラゴンの神話と伝説となったのだ。

――アーネスト・ドレイク博士著『ドラゴンとの生活の思い出』１９１９年

最初の謎《なぞ》かけの答えが「A」であることがわかるまでに、それほど時間はかからなかった。なぜなら、heart にも brain にもある文字は、（r）と（a）の2つだけど、drinking にないのは（a）だけだもの。こんな謎かけは、ぼくたちはこれまで何度も解いてきた。あとはとくにやることもなく、じっと座《すわ》って日が落ちるまで退屈《たいくつ》と戦っていた。とにかく、ツングースドラゴンからは安全でいられた。

月の光のおかげで、何ごともなく火山台地を通りぬけることができた。くぼ地の中の

第10章　失われた町

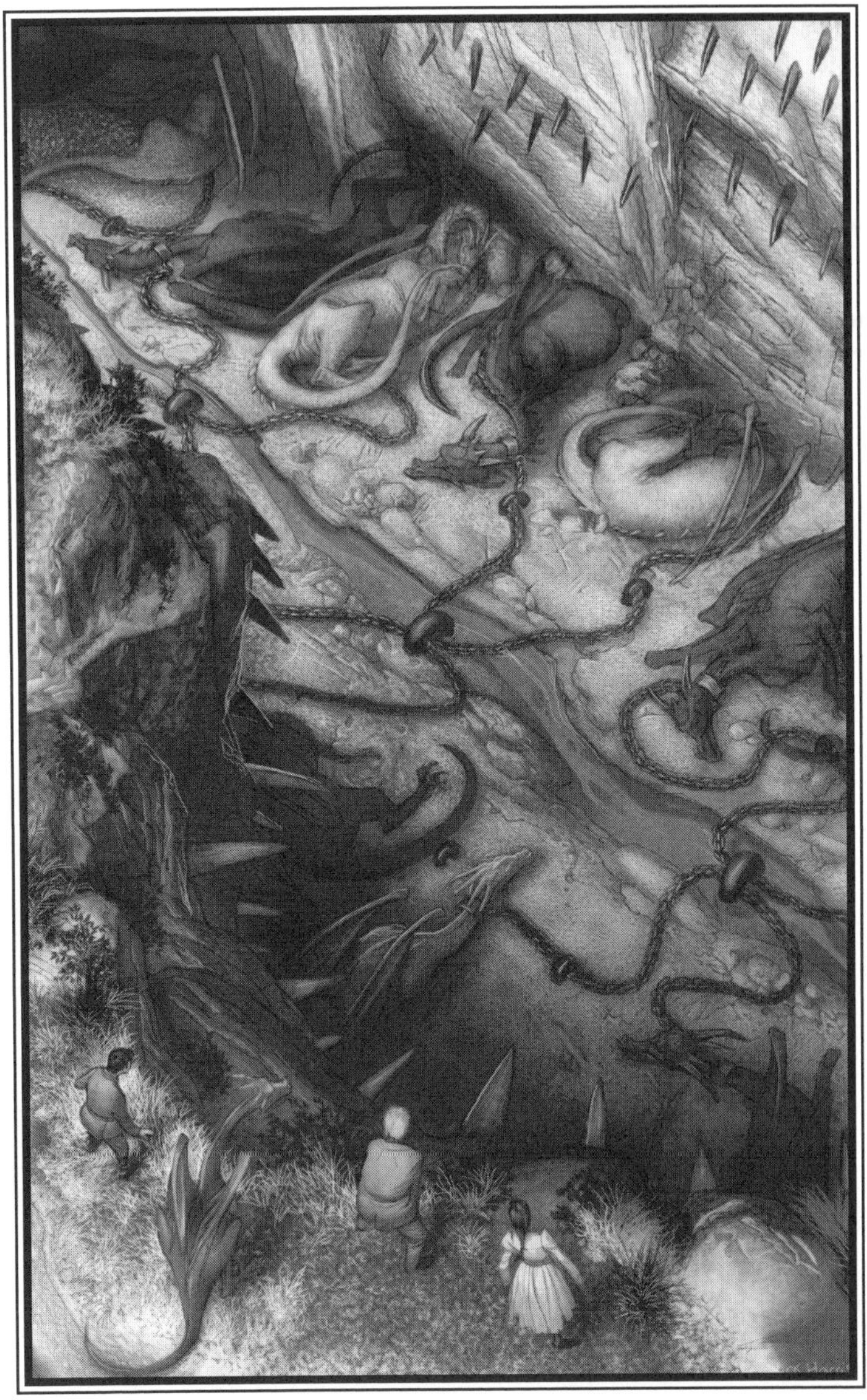

檻《おり》に、ドラゴンたちが鎖《くさり》につながれたまま並《なら》んで眠《ねむ》っているようすを見たドレイク博士は、不快さを顔一面にあらわした。

ベアトリスもくちびるをかんで言った。

「見てられないわ。逃《に》がしてあげましょう！」

ドレイク博士は悲しげに首を振《ふ》った。

「私の思いを代弁してくれたね。しかし、今は捜索《そうさく》をやめるわけにはいかない。うまくいったら、助けてあげられるだろうが、とにかくドラゴン文字の石碑《せきひ》に急がなきゃならん。認《みと》めたくはないが、ドラゴンが鎖につながれているようすをこの目で確かめたし、どうやったら向こう側に行けるかもわからない。この島には険《けわ》しい1本道があるだけで、そこを通らないとしたら、何キロもの広い台地を横切るしかないんだ。遅《おそ》かれ早かれ、警備兵《けいびへい》に出くわしてしまうだろう」

「完全に八方ふさがりね」ベアトリスはすっかり意気消沈《しょうちん》していた。

「ドラゴンたちは眠っているんだろう？　それなら別の道があるかもしれないよ」

ベアトリスは目を見開いてぼくを見た。

「まさか、くぼ地を通りぬけるって言うんじゃないでしょうね、ダニエル？」

ドレイク博士は考え深げに口ひげをなでた。

「一理あるかもしれんな。最も可能性のうすい計画が、しばしば偉大《いだい》な成功を生むことがある。よく見てごらん。警備兵《けいびへい》はくぼ地の周囲をパトロールしているだけで、真ん中にはだれも注意を払《はら》っていないだろう？」

そのときには、くぼ地の中の作業が終わるようすを見せていた。男たちは使った道具を積み上げ、最後の手押《てお》し車を引いてきた。もしかしたら、眠《ねむ》っているドラゴンたちを起こすことなく、そのあいだをすり抜《ぬ》けられるかもしれない。

しかし、くぼ地に下りようとしたまさにそのとき、下から近づいてくる声に気づいた。ぼくはかたまった。アレクサンドラ・ゴリニチカだ！　彼女《かのじょ》は、その身なりからしてくぼ地の監督《かんとく》と思われる男と会話をしていた。その後ろにはフリッツと6人の警備兵がいた。何を話しているのかはわからなかった。しかし、アレクサンドラは少し興奮《こうふん》しているのか、手をたたきながら高笑いをしていた。ドラゴンの粉をついに見つけたというのだろうか？　ぼくは四つんばいで前に進み、話を聞こうとした。

「動くんじゃない、ダニエル！」ドレイク博士が声をひそめて言った。

そのとき突然《とつぜん》、ぼくが体重をかけた岩がくずれ、坂を転げはじめた。おぞましいことに、岩はひどい音をこだまさせながら落ちていった。底に達すると、ドーンッという音のあと、気味の悪い静寂《せいじゃく》が全体に広がった。アレクサンドラと手下たちは振《ふ》り返り、転がった岩に目をやった。

「お願いだから、ダニエル。見つけられちゃうじゃないの！」

「急いで！　ついて来るんだ！」ドレイク博士が言った。

ぼくたちがくぼ地のふちから急いで離《はな》れようとしたとき、アレクサンドラの手下たちがドシドシ音を立てながら坂を上りはじめた。だれよりも早くフリッツが、あっという間にぼくたちに近づいてきた。

ぼくはベアトリスの腕《うで》をつかんだ。

「フリッツがドレイク博士に気づいたら、博士が生きていることをアレクサンドラが知ってしまうよ」

ベアトリスもうなずいた。「どうしたらいい？」

「フリッツをほかへ引きつけよう」

ベアトリスとぼくが動こうとしたとき、トーチャーが怒《いか》りの咆哮《ほうこう》をあげ、フリッツに飛びかかった。フリッツは金切り声をあげ、空中でトーチャーとぶつかった。２頭はからみあったまま地面に落ち、今度は牙《きば》とかぎ爪《づめ》を使った戦いが始まった。咬《か》みあったり引っかいたり、さらには小刻《こきざ》みに炎《ほのお》を吹《ふ》きだした。しかし数秒後にはトーチャーが優勢《ゆうせい》になり、フリッツを押《お》さえつけた。

「アルグランブル！」赤ん坊《ぼう》ドラゴンはしわがれ声で叫《さけ》んだ。

「アルグランブル！　アルグランブル！」

「何て言っているの？」ぼくはベアトリスに尋《たず》ねた。アレクサンドラの手下がそろそろ坂のてっぺんにたどり着こうとしていた。

「飛べって！　飛べっていう意味よ！　トーチャーは私たちに行けって言っているわ。フリッツを押《お》さえつけているすきに、やつらから見えないところに行ってほしいのよ！」

「でもトーチャーがアレクサンドラの手下に捕《つか》まっちゃうよ」

ベアトリスはぼくを引っぱった。

「やつらはドラゴンは捕まえないわ。トーチャーはそれがわかっているのよ。だって、やつらが追いかけているのは私たちでしょ？」

ぼくはしぶしぶベアトリスについて行った。すぐにドレイク博士に追いついたが、博士はいらいらしていて、そのうえ息を切らしていた。

「私についいて来るように君たちに言わなかったかな？」

「トーチャーがフリッツと戦ったんです。ぼくたちはあなたが生きていることをフリッツに知らせたくなかった。でも警備兵《けいびへい》がすぐそこまで来ていて、それであなたを追いかけるのをなんとかあきらめさせようとして……」

「わかった、わかった。よくやってくれた。さあ、今度はまちがいなくついて来てくれ」

ドレイク博士は気が急いていた。

突然《とつぜん》左に方向を変えた博士を、ぼくたちはあわてて追いかけた。そのとき、後ろで叫《さけ》び声が聞こえ、それをきっかけに、ぼくたちはくぼ地のほうに走って戻《もど》った。

「どうして戻るんですか？」ベアトリスが尋《たず》ねた。

ドレイク博士はくちびるに指をあてながら、ささやいた。

「向こう側に行かなきゃならんだろう？」

「トーチャーは？」ベアトリスは心配でたまらなかったようだ。

「彼《かれ》のほうから我々《われわれ》を見つけてくれるよ。信じるんだ」

ぼくたちは再び坂のてっぺんのところに来た。アレクサンドラと手下たちが手の届《とど》きそうなところにいた。やつらに見つからないように気をつけながら、ぼくはベアトリスとドレイク博士について這《は》うように坂を下りた。くぼ地の底は、鎖《くさり》につながれながら並《なら》んで眠《ねむ》っている、青白いフロストドラゴンと黒光りするツングースドラゴンでいっぱいだった。フロストドラゴンに直接触《ふ》れて、冷たく感じないかどうか試してみる絶好のチャンスかもしれない。こらえ切れずに、手を伸《の》ばそうとした。

「だめだ、ダニエル！　起こしてしまったら元も子もないだろう！　君のつまらない好《こう》奇心《きしん》のおかげで、問題を起こされるのはもうたくさんだ」

ドレイク博士は、小声だったがはっきりとぼくをいさめた。ぼくはおずおずと手を引っ込《こ》めるしかなかった。

少しして、トーチャーがちょっと誇《ほこ》らしげなようすで、坂のてっぺんに姿《すがた》を見せると、小さな翼《つばさ》を精いっぱい広げた。

「だめよ、トーチャー！」

赤ん坊《ぼう》ドラゴンにはベアトリスの声は聞こえなかったようだ。そのまま飛び上がり、滑空《かっくう》しようとした。ところが数秒後には高度を失って、険《けわ》しい坂の途中《とちゅう》ではね返った。そのひょうしにパラパラと岩のかけらが落ちた。トーチャーは翼をはためかせると、さらに数メートル飛んだ。ところが、時すでに遅《おそ》し！　叫《さけ》び声があがり、くぼ地のてっぺんにアレクサンドラが怒《いか》り狂《くる》った顔をあらわした。彼女《かのじょ》は真っすぐこっちを見下ろし、驚《おどろ》いたように口をまんまるく開けていた。

「ドレイク！　生きていたのか！　なんで見逃《のが》したんだ、この間抜《まぬ》けども！　つかまえろ！　今度はしくじるんじゃないよ！」

トーチャーと一緒《いっしょ》に、ぼくたちは走れるだけ走って、くぼ地の向こう側に向かった。ドラゴンたちをつないでいた鎖《くさり》がじゃまで、とび越《こ》えたりはい上がったりしなければならなかった。アレクサンドラの手下たちが坂をはねるように下ると、別の警備兵《けいびへい》が反対側からあらわれて、ぼくたちははさみうちになってしまった。

「これじゃ無理よ！」ベアトリスがうめき、ドレイク博士も青ざめた。

いちばん近くの警備兵にほとんど追いつかれそうだ。つかまるのも時間の問題か。やつらはドレイク博士を生け捕《ど》りにしたいはずだ。こうなったら破れかぶれだ。ドラゴンの呼《よ》び笛に手が触《ふ》れたのを幸いに、ぼくは考えなしに思いっきり吹《ふ》いた。

「ピーッ！　ピーッ！　ピーッ‼」

わずかな間をおいて、大混乱《だいこんらん》が始まった。ドラゴンたちが目覚め、ひと吠《ほ》えすると、飛び上がろうとしたのだ。ぼくはもう一度強く笛を吹《ふ》いた。ドラゴンたちはパニックになり、後ろ脚《あし》で立って、巻《ま》きつけられた鎖《くさり》を振《ふ》りほどこうと右に左に引っぱった。近づく者はだれでも飛ばされそうな勢いだった。

ドラゴンの呼《よ》び笛がドラゴンの粉の影響《えいきょう》に打ち勝ったんだ！　すごい発見だった。ぼくはとにかく吹き続けた。警備兵《けいびへい》は、半狂乱《はんきょうらん》となった生き物たちが壁《かべ》となって、その後ろに見えなくなった。トーチャーも狂気《きょうき》じみた目をギラギラ光らせていた。ベアトリスとドレイク博士はそんなトーチャーを抱《かか》えたり、引きずったりしなければならなかった。

「こっちだ！」ドレイク博士はそう命じながら、赤ん坊《ぼう》ドラゴンをくぼ地のほうに引っぱろうとした。ぼくはまだ呼び笛を吹きながら、先頭になって走った。するとパニックになっていたドラゴンたちが二手に分かれ、通り過ぎることができた。遠くにアレクサンドラが見えた。彼女《かのじょ》は手を伸《の》ばし、怒《いか》りで顔をゆがめながら、荒《あ》れ狂《くる》うけだものをもう一度コントロールしようとしていた。

「この中だ」そう言いながら、ドレイク博士は岩の壁《かべ》にある低い入口に飛び込《こ》んだ。手を伸《の》ばすと、扉《とびら》の内側にあったたいまつをぼくたちに1本ずつ手渡《てわた》した。

トーチャーは急にビクッとした。もう以前の状態に戻《もど》ったようで、炎《ほのお》を吐《は》いて、それぞれのたいまつに火をつけてくれた。そのおかげで、入口から続くトンネルは最初に考えたよりはるかに広いことがわかった。たいまつの山の横には、たくさんの木の箱と、コイルになった導火線があった。

ぼくはドラゴンの呼《よ》び笛を持って言った。

「これで何ができるかわかりましたよね？　ドラゴンたち全部を自由にすることもできるんじゃないですか！」

ドレイク博士はきっぱりと首を振《ふ》った。

「その効果には確かに驚《おどろ》いた。しかし、残念ながら笛を吹《ふ》いている間だけだ。ごらん、トーチャーももう元に戻っているじゃないか」

行く先を示すかのように、トーチャーはいつの間にかぼくたちの前を走り、何度も振り返っては後ろを確かめていた。

「それじゃあ、アレクサンドラがドラゴンたちをコントロールするのに、それほど時間がかからないっていうことですね。それでまた追いかけてくるのね」

ベアトリスが情けなさそうに言った。

「暗闇《くらやみ》ではやつらは見えないよ」

「暗闇ではにおいをかぐんだ。でも、やつらの追跡《ついせき》を遅《おく》らせるために何かできるかもしれない。さあ、手伝ってくれ。箱をいくつか入口のところに移動させよう」

最初の箱を持ち上げようとしたとき、大きな文字でダイナマイトと書かれているのに気づいた。まさか、ドレイク博士はぼくたちを生き埋《う》めにしようとしているのだろうか？

「君たちはトンネルの奥《おく》に引っ込《こ》んでいてくれ。ぼくもすぐに行く」

ドレイク博士はコイルと導火線をほどき始めた。しばらくして、ほら穴《あな》の外から声が響《ひび》いてきた。一瞬《いっしゅん》、アレクサンドラの手下が博士を捕《と》らえてしまったかと思った。明かりが見え、あわただしい足音がトンネルの中にこだました。ドレイク博士はたいまつで導火線に点火し、ぼくたちのほうに走ってきた。

第10章　失われた町

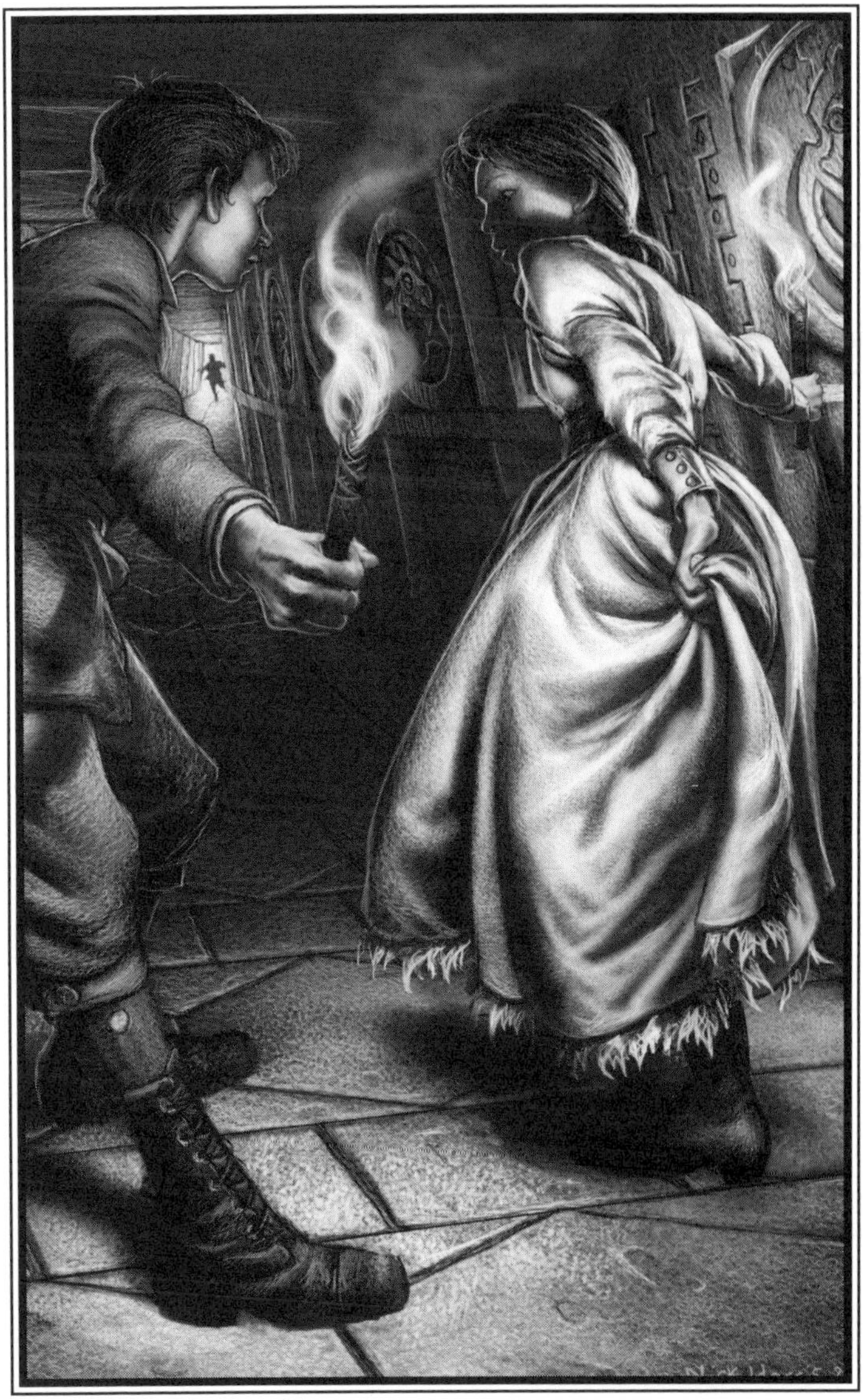

「早くするんだ！　できるだけ離《はな》れて、耳をふさぐんだ！」

ぼくたちはトンネルのもっと奥《おく》へとダッシュした。次の瞬間《しゅんかん》、耳をつんざくような爆《ばく》発音《はつおん》があがった。爆風《ばくふう》で吹き飛《ふ》ばされたぼくは、気がつくと床《ゆか》に大の字になり、トーチャーが上にいた。火薬のにおいを小鼻に感じながら、ぼくは急いで立ち上がり、後ろを振《ふ》り向いた。入口は吹き飛んで、くずれた岩で埋《う》まっていた。

「別の出口がきっとあるのよね！」

「私もそう望むよ」ベアトリスの希望を確認《かくにん》するように、ドレイク博士が言った。

「アレクサンドラの手下はいずれ入口をこじ開けるだろう。あの爆発で、我々《われわれ》がドラゴンの町から出るまでの時間を少しでも稼《かせ》げたらいいのだが」

「町なんて呼《よ》べるものですか！」ベアトリスは不満だった。とにかく、ぼくたちは岩だらけのトンネルを先に急いだ。

「これが恐《おそ》らく外に出られるトンネルだろうな」

ぼくたちがアーチ道に入ったところで、ドレイク博士が真っ暗い穴《あな》の奥《おく》を指し示した。

「私がまちがっていなければ、ドラゴンの失われた町は、このアーチ道を抜《ぬ》けた島の反対側にあるはずだ」

たいまつを掲《かか》げると、ぼくは思わず息を飲んだ。トンネルは前方にどこまでも伸《の》びていた。ドーム形になった天井は、まるで何千という星のまたたきのようにキラキラ輝《かがや》いていた。星のように見えたのは、実際にはたいまつの明かりを受けて光る、数多くの宝《ほう》石《せき》だった。周りの壁《かべ》には、実物大のドラゴンの像があちこちにあって、中央には大きな噴《ふん》水《すい》が全体を見下ろすようにそびえ立っていた。昔は噴水から水を運んだはずの無数の細い水路が、床《ゆか》全体に浅いわだちとなって走っていた。

「ドラゴンはほんとうに市民生活を送っていたのね」ベアトリスはかしこまったようすで、トンネル全体を不思議そうに見渡《みわた》した。

「しかし、その生活も残酷《ざんこく》な終わりを迎《むか》えることになったんだ」

ドレイク博士の言葉で、いきなり現実に引き戻《もど》された。彼《かれ》は、山のような岩に完全に埋《う》まった、豪華《ごうか》な金飾《かねかざ》りのついた2枚扉《とびら》を指し示した。その横には壁が大きく開いた部分があったが、溶岩《ようがん》がつらぬき、ひん曲がったかたまりになっていた。床《ゆか》には火山灰《ばい》が一面に積もり、厚いじゅうたんとなっていた。

ぼくは最後の大爆発《だいばくはつ》の恐《おそ》ろしさを想像していた。溶岩の流れに加えて、有毒なガスと、息をつまらせる降灰《こうかい》があったにちがいない。そのような話を以前にも確か聞いたことがある。

実物大のドラゴンの像の一つに近づいて、たいまつを掲《かか》げた。あまりのショックに、ぼくはあやうくもう一度倒《たお》れそうになった。立派《りっぱ》で高貴《こうき》な生き物の像を期待していたのだが、そこにあったのは、若《わか》いドラゴンが小さなボールのように丸まり、耐《た》えがたい痛《いた》みにくちばしを大きく後ろにそらした像だった。

思い出した！　ローマ帝国《ていこく》のポンペイだ。ヴェスヴィオ火山の噴火《ふんか》によって破壊《はかい》され、埋《う》もれてしまった町だ。前にロンドンで、苦しみながら死んだままの形で残った、あわれな市民たちの石こう像を見たことがある。そうだ、このドラゴンは彫《ほ》られた像なんかじゃない！　1万2千年前に死んだアンフィテールの化石だ。避難《ひなん》しようとしたが、容《よう》赦《しゃ》のない火砕流《かさいりゅう》に巻《ま》き込《こ》まれて、窒息死《ちっそくし》し、化石になったんだ。

岩を打つ音が遠くのほうで聞こえた。

「さあ、先に進もう」ドレイク博士は部屋の先を指し示した。

「たぶん、反対側の広いトンネルが町の中心に向かう大通りになんじゃないかな」

「ドラゴンの目抜《めぬ》き通りのようなものですか？」少しはにかんでベアトリスが聞いた。

ぼくたちが移動を始めてしばらくして、不気味な揺《ゆ》れを感じた。地震《じしん》だろうか？　すぐにおさまったが、ぼくが感じていた安堵感《あんどかん》はたちまち消えた。これから進もうとしている広いトンネルに、見るからに大きな裂《さ》け目があるのがわかった。こんなに大きな裂け目じゃ、渡《わた》れない！　そのうえ、どこか後ろのほうでうなり声が聞こえてきた。

「ツングースドラゴンだ！」

「侵入《しんにゅう》してきたんだわ！」ベアトリスも叫《さけ》びながら、周囲を見渡《みわた》した。

「まずいな！　なんとか、この裂け目を渡らなきゃならんぞ」ドレイク博士が言った。

「でも、どうやって？」ぼくは泣きそうだった。うなり声はかなり大きくなっていた。

「あそこを見て！　壁《かべ》にレバーがあるわ。あれを引けば橋か何かが出てくるんじゃないかしら？」

レバーを引くのに、全員で力を合わせなければならなかった。ガチャガチャ音を立てたあげく、カチッと音がして機械が動きはじめた。しかし、橋が出てくる代わりに、頭の上のくぼみから円形の装置《そうち》が下りてきた。それはまさに水車の形をした輪だった。両側にはそれぞれ大きなハンドルがついていたが、とても高い位置にあったので、ドラゴンが使うためにつくられたものにちがいなかった。

「わかった！　トーチャーが中に入れば、きっと回せるよ！」

「やってみる価値《かち》はあるかもしれないな、ダニエル」

ドレイク博士はトーチャーに何かをささやいた。それに答えて、赤ん坊《ぼう》ドラゴンは壁をよじ登り、体をくねらせて太い梁《はり》のあいだから輪の中に入った。ゆっくり歩きはじめると、大きな構造が回りだし、取りつけられた鎖《くさり》がゴロゴロと音をとどろかせ始めた。すると、別のしかけが上から下りてきた。それはただの幅《はば》のせまい梁だったが、何のためのものかまったくわからなかった。

「よーし！」ドレイク博士はすでに梁《はり》を渡《わた》りはじめていた。腕《うで》を横に広げてバランスをとる姿《すがた》は、まるで綱渡《つなわた》りのようだった。そうか、これが橋なんだ！　それを渡らなきゃならないと思うと、梁はいっそうせまく見えた。ベアトリスは心配そうにぼくと梁を見比べた。どのように渡ったものか考えあぐねて、ぼくたちはしばらく突《つ》っ立っていた。

そのとき怒《いか》りの咆哮《ほうこう》が後ろに迫《せま》ってきた。それが何であるかを確かめる前に、ぼくたちは一も二もなく橋に飛びのり、渡りはじめた。トーチャーも輪から飛び下り、ぼくたちのすぐあとについて橋を渡った。

全員がほとんど渡り切ったときに、２頭のツングースドラゴンと警備兵《けいびへい》の一団を従《したが》えて、アレクサンドラ・ゴリニチカがトンネルに突進《とっしん》してきた。ドラゴンたちは長い首を前に伸《の》ばし、暗闇《くらやみ》の中で道を確かめるためににおいをかぐような姿勢《しせい》をとっていた。もっとも、ドラゴンの御者《ぎょしゃ》も警備兵もみな、明るいたいまつを持ってはいたのだが。

ドレイク博士がこちら側のレバーを引くと、橋がもとの位置に戻《もど》り、輪もくぼみに吸《す》い込《こ》まれた。ツングースドラゴンはそれでもおじけずに翼《つばさ》を広げた。そのとき、恐《おそ》ろしいことにぼくは気づいてしまった。ドラゴンは裂《さ》け目を越《こ》えるのに橋なんかいらないんだ！

ぼくたちは先へと進んだ。しかし、前方はくずれた岩が行く手をはばみ、後方ではツングースドラゴンが道をふさいでいた。周囲をざっと見渡《みわた》すと、トンネルのはるか先に予備のたいまつがあるのが、小さなすき間から見えた。「あそこだ！」

飛び込《こ》んだトンネルはとても天井が低く、ドレイク博士などは四つんばいにならなければ中に入れなかった。でも、少なくともツングースドラゴンの攻撃《こうげき》からは安全だった。トンネルを先に進むとだんだんと高さが増し、トーチャーが後ろ脚《あし》で立ち上がっても、頭を天井にこすることはなかった。

「こっちに行けばほんとうに別の出口に行けるんですか？」ベアトリスが尋《たず》ねた。

「出口があるとしたら、トーチャーが見つけてくれるよ」

ドレイク博士は静かに答えると、トーチャーに近づき、耳もとにドラゴン語で何かささやいた。すると赤ん坊《ぼう》ドラゴンはまた、ときどき空気のにおいをかぎながら、ぼくたちを先導した。

通路をしばらく進むと、かなり大きなトンネルに出た。どうもこれが、ドレイク博士が話していた大通りらしかった。ぼくたちはトーチャーについて、光り輝《かがや》く宝物《たからもの》の山によじ登り、ドラゴンの墓石が列をなしている共同墓地を通り抜《ぬ》けた。最後に、ハチの巣状につながった円形のほら穴《あな》に着いた。その壁《かべ》は、黒くキラキラ光る物質で厚く覆《おお》われていた。

ベアトリスが歓声《かんせい》をあげた。

「見て、ドラゴンの粉よ！　繁殖《はんしょく》のためのほら穴に来たんだわ！　ものすごい量ね。もしアレクサンドラがこれを手に入れたら、永久にドラゴンを奴隷《どれい》として使うことになってしまうわ」

ぼくはドラゴンの粉を片手《かたて》でつかむと、床《ゆか》で平らにならしてみた。

「少し持っていってみたらどうでしょう？」

「そうだね、何かの役に立つにちがいない」ドレイク博士はぼくの提案を受け入れてくれた。

ぼくたちがポケットに粉を半分ほどつめたとき、これまででいちばん強い揺《ゆ》れが来て、地面に投げだされた。なんとか立ち上がると、トーチャーが戻《もど》ってくるのが見えた。そしてその背後《はいご》から、熱風が吹《ふ》きだしているのがわかった。

「口をふさいで！　ガスを吸《す》い込《こ》まないように！」そう言ったドレイク博士の声はすでにしわがれ、ガラガラになっていた。

熱風はかなり強いもので、まるで高炉《こうろ》の近くにいるように思えるほどだった。ぼくは顔をそでで覆《おお》って防ぐようにしたが、息苦しくてせき込んだ。

ところが今度はほら穴《あな》の反対側に燃えさかる流れが姿《すがた》をあらわし、トンネルを埋《う》めながらこちらに進んできた。

「溶岩《ようがん》よ！」ベアトリスが叫《さけ》んだ。

ぼくたちは急いで溶岩から逃《のが》れ、トーチャーについてトンネルの迷宮《めいきゅう》に入っていった。

それはまるで個別のドラゴンの巣のようだった。溶岩《ようがん》からはすぐに逃《のが》れることができたが、火山性の有毒ガスはドラゴンの町をじょじょに満たし、息苦しさがどんどん増していった。

「トーチャー、息ができなくなる前にここから出なくちゃならないよ！」

ぼくは叫《さけ》びながら、ぼくのドラゴン語が通じることを願っていた。トーチャーはメッセージを理解したようだったが、少し間をおくと、まるでそれが自然なことであるかのように、トンネルの壁《かべ》を斜《なな》めに登りはじめた。そして天井近くにある通気口の向こうに姿《すがた》を消した。

「見てごらん！」ドレイク博士はせまい出っぱりがつながっている部分を指さした。そこには壁に刻《きざ》まれた階段《かいだん》があった。

「君たちが考えるほどむずかしくはないかもしれんな」

「トーチャーのように登れって言っているんですか？」ベアトリスは不安げに聞いた。

「心配ないよ、姉さん。ぼくが先に行くよ」ぼくはベアトリスを安心させるように言い、たいまつを渡《わた》すと登りはじめた。

てっぺんに着くまでは順調だったが、そこから先がたいへんだった。通気口のところに達するには、サルのように手を交互《こうご》に使って体を揺《ゆ》らし、トンネルの天井から下がっている棒《ぼう》の列を横切らなければならなかった。どう考えても無理だった。ちょうどそのとき、植物のつるが通気口から伸《の》びてきた。それはぼくがつかむのを待っているように、前後に揺れている。トーチャーだろうか？　それとも、だれか別の人間がいるのだろうか？　考えている時間はなかった。ぼくは恐《おそ》る恐るつるをつかみ、腕《うで》にしっかり巻《ま》きつけると、体重を支えられるかどうか試してみた。

「トーチャーなのかい？」

いつもの咆哮《ほうこう》が返ってきた。ぼくは両手でつるをつかみ、宙《ちゅう》に身をおどらせた。脚《あし》をつるにからめながらぼくは登った。通気口を通って、気がつくと月の光が周りにあふれていた。目の前にはトーチャーがいた。つるを牙《きば》の間にくわえ、しっぽを近くの木の幹《みき》にしっかりと巻きつけていた。

「トーチャー、よくやったね！」ぼくはぜいぜい息をしながら言った。穴《あな》からつるをもう一度投げ下ろすと、何分か後にはベアトリスが登ってきた。

「ドレイク博士は、壁《かべ》を登れないと思っているわ。何かでつるを伸《の》ばして、床《ゆか》に着くようにしなければならないわね」

「ぼくたちを家に戻《もど》さなかったのは、正解だったね」ぼくは、ドレイク博士がいないのを幸いに、ちょっと生意気を言った。そして周囲を探《さが》して、木からもう1本つるを引っぱって、最初のやつに結んだ。そして端《はし》に輪をつくって、通気口から投げ下ろした。しばらくすると下から手ごたえがあった。ベアトリスとトーチャーと力を合わせて、ドレイク博士を引っぱり上げた。

少し離《はな》れたところに、聞きなれた滝《たき》の音が響《ひび》いていた。そして頭上には険《けわ》しい渓谷《けいこく》が夜の闇《やみ》に消え入るようにそそり立っていた。

「たいへん！　ドラゴンのほら穴のそばの渓谷に戻《もど》ってきてしまったわ」

「いいじゃないか。ドラゴン文字の石碑《せきひ》からそれほど遠くないということだろう？　ともかく、みんなすばらしい働きだったね。君たちのことをとても誇《ほこ》りに思うよ」

ドレイク博士はトーチャーの背中《せなか》を軽くたたいた。赤ん坊《ぼう》ドラゴンはとても満足そうだった。

第11章　ドラゴン文字の石碑《せきひ》

北欧《ほくおう》のサーガ（物語）では、アメリカ大陸はヴァイキングが発見したとされるが、考古学的な根拠《こんきょ》がないとの指摘《してき》がある。しかし、ヴァイキングがドラゴンに遭遇《そうぐう》し、宝物《たからもの》を略奪《りゃくだつ》したことには、疑問《ぎもん》の余地がない。

——アーネスト・ドレイク博士著『ドラゴンとの生活の思い出』１９１９年

ドラゴンの町での試練のおかげで、みんなへとへとだった。でもベアトリスとぼくはドレイク博士に従《したが》って、休むことなく、明るいうちにドラゴン文字の石碑《せきひ》に向かうことにした。岬《みさき》の石碑に着くと、さっそく碑文を確かめた。ベアトリスとぼくが最初にここに来たときに読むことができなかったやつだ。ドレイク博士は熱心に調べはじめた。

「これはすばらしい！」しばらくしてから博士はため息をついた。そこに刻《きざ》まれた巨大《きょだい》なハンマーの形を指でなぞっていた。
「この文字は古代スカンジナビア語で書かれたものだな。最も古いドラゴン文字の一つだ。北ヨーロッパに生き残ったドラゴンがまだ使っているはずだ。なんとか読めるだろう」ドレイク博士は読みはじめた。

紀元1012年
ヴィンランドに到達《とうたつ》した「幸運なるレイフ」のいとこであり、グリーンランドの発見者「赤毛のエイリーク」の甥《おい》である、ヴァイキングの「あごひげトルステン」は、この石碑《せきひ》を建てることによって、ドラゴンの島の土地の権利《けんり》を主張している。彼《かれ》は10人の手下を、羽の着いた悪魔《あくま》によって殺害された。トルステンは、ヴァイキングの部隊をともなって立ち戻《もど》り、島を征服《せいふく》し、ドラゴンを殺りくするか永遠に駆逐《くちく》すると決意している。事が成就《じょうじゅ》したあかつきには、あごひげトルステンという名は、その叔父《おじ》やいとこ同様に、ドラゴンの島の発見者として知れわたるであろう。

第11章　ドラゴン文字の石碑

ベアトリスは混乱《こんらん》していた。

「でも、この島のドラゴンは人間に対して友好的じゃなかったんですか？」

「暴力を振《ふ》るい、宝物《たからもの》を盗《ぬす》もうとするやつらに対しては、そうではない」

ドレイク博士は首を振《ふ》り、顔をしかめながら一心に石碑《せきひ》を見つめ続けた。

「残念だが、この文は我々《われわれ》がベアトリス・クロークの手がかりを解くヒントにはならんな。このハンマーはドラゴン・ハンマーではない。ヴァイキングの神トールのハンマーで、ミョルニルと呼《よ》ばれるものだ。ヴァイキングは、ほとんどがキリスト教に改宗《かいしゅう》したあとも、これを彼《かれ》らのシンボルとして使っていた」

「地図のしるしはどうですか？」ぼくは、ベアトリスが石碑の反対側に見つけた島の輪《りん》郭《かく》を指さした。今もう一度見てみると、古代スカンジナビア語のあいだにラテン語が少しあることがわかった。

「どうして前には気づかなかったのかしら？」とベアトリス。

「Obeliscus Arena Mausoleo Pyramid……。オベリスク、闘技場《とうぎじょう》、墓場、ピラミッド

……、みんな、コアが手がかりを探《さが》すように言った場所じゃない。でも、この最後は何なのかしら？　Hic Sunt Tres Littera……」

「ぼくだって学校でラテン語くらい習っているよ！　どれどれ……、これは『ここに3つの文字あり』っていう意味じゃないかな。それに、見て！　地図の下に別のドラゴン文字があるよ。でも……これはわからないや」

「それはラテン語でも古代スカンジナビア語でもない」ドレイク博士がうつろな目を向けて言った。

「ちょっと妙《みょう》なんだ。こんなアルファベットはこれまで見たことがない。ほとんどのドラゴン文字には斜《なな》め方向の線があって、右に傾斜《けいしゃ》しているんだが、この文字は左に傾斜している……」

「それじゃあ、さかさまなんですか？」

そのとき、ぼくは突然《とつぜん》ひらめいた！　なんとか言葉にしようとするのだが……。

「わかった！　それって、反対から書かれたドラゴン文字じゃないですか！　それで、英語も書かれているんですよ！」

「そうだ、そのとおりだ、ダニエル‼　さあ、何と書いてあるか読んでくれないか！」

ドレイク博士も思わず大声を出していた。

ぼくは落ち着いて読みあげた。

ドラゴン・マスターよ、用心して選ぶのだ
地獄《じごく》の危険《きけん》が待ち受けている
地図の場所を選び
そこで手がかりを見いだせ

ラコド－アコル－ラコドラ　闘技場《とうぎじょう》
コラド－オラック－オドラコ　墓場
ドラコ－ラコ－アコドラック　オベリスク

オダク - オッラ - コドラコ　ピラミッド

「でも、『地図の場所を選ぶ』って、どういう意味なの？」

「簡単《かんたん》だろう！　地図の上の場所を選んで、そこで次の手がかりを見つけるんだよ」

ベアトリスは首を振《ふ》った。

「だって、ここに手がかりがあるはずでしょ？　さっき見つけた、Aに続く3文字を探《さが》さなくちゃならないのよ」

「二つ目の段落《だんらく》はどう？　英語じゃないよね？　ドラコ - ラコ - アコドラックっていうのは前に聞いたことがあるよ。ドレイク博士、これって、ドラゴン・アイを受け取るときの合言葉でしたよね？」

「そのとおりだとも。よく覚えていたね」

「でも、その言葉を選ぶってことは、オベリスクに行けってことでしょ？　もうオベリスクに来ているじゃない。どこに手がかりがあるっていうの？」

ぼくは爪《つめ》で地図を引っかいてみた。

「オベリスクに行かなきゃならないんじゃなくて、ただ『地図の場所を選べ』って言っているだけだよ。近くで見ると、ドラゴン文字の背景《はいけい》は地図のほかの部分と違《ちが》っているのがわかるんだ。きっと石こうだよ。こすれば落ちるんじゃない？」

ぼくは闘技場《とうぎじょう》と書かれたドラゴン文字の下を爪で引っかいた。注意して石こうを取りのぞくと、下に何かを感じたので、引っぱり出そうとした。

「うわーっ！」叫《さけ》びながらぼくはあわてて飛びのいた。銀色の矢じりに紫色《むらさきいろ》の水滴《すいてき》が光る矢が、穴《あな》から飛びだしたのだ。

「何をしているの、ダニエル！」

ベアトリスの顔は蒼白《そうはく》になっていた。ぼくもたぶん同じだったろう。

「ごめん、ごめん。下に何かあるなんて、少しも思わなかったんだ」

「君はまったく考えなしだな、ダニエル！」ドレイク博士が厳《きび》しく言った。

「『地獄《じごく》の危険《きけん》』という警告《けいこく》があるんだから、少なくとも君は、命取りになるようなわながある可能性を考えておくべきじゃないのか！　つまらない好奇心《こうきしん》のおかげで、いつかそのうち命を落とすことになるぞ！」

「ほんとうにすいません」ぼくは深く頭を下げた。ショックで、手がまだ震《ふる》えていた。心を落ち着かせようとして次の言葉を探《さが》した。

「では、どうしましょうか？」

「もちろん、正しい文字をひろうのよ。オベリスクでしょ？」

「今度は私がやろう！」

　ドレイク博士はぼくがやったよりはるかに注意深く石こうを取りのぞいた。すると、最後に丸い穴《あな》があらわれた。そこから金箔《きんぱく》に覆《おお》われた細い管を引っぱり出すと、中に二つ目の巻物《まきもの》があった。博士は巻物を注意深く開き、手がかりを読みあげた。それは、古い書体の英語で書かれていた。

尊敬《そんけい》すべき我《わ》が後継者《こうけいしゃ》へ

知っておいてほしい。宙《ちゅう》から落ちてきた石よりつくられたドラゴン・ハンマーは、片《かた》割《わ》れがなければ用をなさない。それは、クリスタル製《せい》の金床《かなとこ》だ。ドラゴンの前では、決してハンマーで金床をたたいてはならない。鳴り響《ひび》く音が彼《かれ》らの肉体の奥《おく》深くに危険《きけん》な振動《しんどう》を引き起こす。振動は彼らの心臓《しんぞう》に影響《えいきょう》を与え、鼓動《こどう》を一気に速めたあげくに破裂《はれつ》させてしまう。そして血液が腐《くさ》ることで、肉体が内部から滅《ほろ》びるのだ。その点において、ハンマーにはすさまじい力がそなわっている。

躊躇《ちゅうちょ》することなく次の手がかりに急げ！

ドラゴン・スピードで行くのだ！

ベアトリス・クローク

「生き物を破滅《はめつ》に導くために、人間がこれまでつくってきた悪魔《あくま》のような装置《そうち》の中でも、こいつは最悪だ！」ドレイク博士は露骨《ろこつ》にいやな表情を見せていた。

「まったく、最低だわ！」ベアトリスは、少し離《はな》れた崖《がけ》のてっぺんにいるトーチャーに、心配そうなまなざしを向けた。

「ほんとうにそんなことができるんですか？」

ドレイク博士はしばらく口ひげをなでてから言った。

「ああ、まちがいないだろう。二人はいつかドラゴン学の講義でドラゴンの血液の腐食《ふしょく》性《せい》について学ぶことだろう。それに君たちには理解できないかもしれんが、ドラゴンの硬《かた》いうろこの皮は音の振動《しんどう》に対し異常《いじょう》なまでに敏感《びんかん》なんだ。人間の心臓《しんぞう》の心室の数は4つだが、彼《かれ》らには6つの心室があるという事実と相まって……」

「でも、どうして音で心臓が破裂《はれつ》するんですか？」

ベアトリスは信じたくないようだった。

「オペラ歌手が歌うときに、ある高さの音の振動でガラスを震《ふる》わせて割《わ》るような芸当を見たことがないかね？」

ぼくたちは一緒《いっしょ》にうなずき、顔をしかめた。

「鼓膜《こまく》が破れるかと思いました」

「それと似たようなものだ。６つの心室があるために、ドラゴンの心臓《しんぞう》はとても繊細《せんさい》なバランスで動いていて、不規則な鼓動《こどう》の影響《えいきょう》を受けやすい。いったん鼓動が速くなると、必要以上にそれを補《おぎな》おうとするんだ」

ドレイク博士は首を振《ふ》り、巻物《まきもの》を読みかえした。

「しかし、ドブリニヤはこんな恐《おそ》ろしいことを発見したというのか？　あの高貴《こうき》な生き物たちは、進化するうえで多くのメリットがあったのと引き換《か》えに、大きな代償《だいしょう》を払《はら》ったものだな」

「それでは、ハンマーなんて早く破壊《はかい》するのにこしたことはないですね」ベアトリスは、まるで自分が行動することを突然《とつぜん》決めたような口ぶりだ。

「そうだね。ところで次の手がかりは……」

ドレイク博士は巻物に戻《もど》った。

「ベアトリス・クロークの最後のメッセージのように、私たちが次に何を見たらいいかを教えてくれる手がかりがあるんだが、今回の手がかりはたった2行しかない。

ドラゴン・アイを使えば
3つの文字を見いだすであろう

そして、詩が続いている。

二人の首領《しゅりょう》、ここに眠《ねむ》る
それは王国内の争いの結果
おぞましい戦いにはむなしい結末
虐殺《ぎゃくさつ》されたドラゴンたちが復讐《ふくしゅう》に立ち上がる

ドレイク博士は巻物《まきもの》を持ち上げ、ドラゴン・アイをレンズがわりにして見てみた。表も裏《うら》もくり返し調べたが、困《こま》ったような表情を見せた。

「何の文字も見えない」

「色あせてしまったんでしょうか？」ぼくは聞いてみた。

ドレイク博士は首を振《ふ》ると、巻物《まきもの》とドラゴン・アイをベアトリスに渡《わた》した。

「巻物に刻《きざ》まれた文字が色あせることはない」

「ほんとうに、ここには何もないわ。せっかくここまで来たのに！　文字はここにあるはずよ！」宝石《ほうせき》ごしに見ながら、ベアトリスが言った。

「ちょっと待って、何か別の方法で文字が隠《かく》されていることはないかしら？」

ベアトリスは羊皮紙を指でなぞりはじめたが、ぼくは思わず首を振った。

「ドラゴン・アイじゃなくて、ドラゴンの目を使えってことじゃないの？」

「それよ！　ドラゴン・アイなんか必要ないのよ。ドラゴンの目なのよ！　トーチャー、こっちに来て！」

「ベアトリス、すごいよ！　でも……その文字が何かって、どうやってトーチャーに言わせたらいいの？」

「ああっ！……でも、ちょっと待って、私に考えがあるわ」

トーチャーがベアトリスのほうに走りよってきた。横に座《すわ》ると、手伝えることが誇《ほこ》らしいのか、少し胸《むね》を張った。ベアトリスは石碑《せきひ》の上のドラゴン文字の一つを指すと、地面に指で書いた。そして、トーチャーの前足の爪《つめ》をやさしく持って、同じように地面に文字を書いた。次に羊皮紙を示した。トーチャーは少しのあいだ小首をかしげて注意深くながめていたが、ゆっくりと前足の爪で地面に3つの文字を書きはじめた。「D」「E」……「N」。

「DENだ！　やったぞ、トーチャー！」ドレイク博士が興奮《こうふん》して大声をあげた。

「これで4つの文字がわかりましたね。詩によれば、次に行かなきゃならないのは、ベアトリスが悪のドラゴン結社の騎士《きし》たちを埋葬《まいそう》した墓場ですよね！」

「でも地図では、それって火山の反対側になっているわ。見つからずにたどり着けるかしら？」

ぼくはポケットに手を入れ、ドラゴンの粉をひとつかみ出した。少し持っていこうと提案してから、ずっと考えていたことがある。ぼくは、絶対役立つはずの言葉のつづりを思いだそうとした。

「ツングースドラゴンを1頭捕《つか》まえようよ！」ぼくの言葉は、ベアトリスにはのんきなものに聞こえたようだ。

「ダニエル、今は冗談《じょうだん》を言っている場合じゃないわ」

「別に、冗談を言っているわけじゃないよ。アブラメリンのドラゴンをひきよせる呪文《じゅもん》を覚えていない？」

その呪文を使うには、満月をうつした水で3回洗った銀の皿に盛《も》ったドラゴンの粉を、3トロイ・オンスだけドラゴンにふりまかなければならない。ふりまくときに特別な呪文を言う。イドリギアがイグネイシャス・クルックに呪文をかけられたときに、ベアトリスとぼくが呪文をかけ直してイドリギアを助けた。どれくらい粉を使えばよいか自信がなかったけれど、確かにうまくいった。

「思い出せるかもしれないわ。でも銀の皿はどうするの？」

「コアの巣に行ってみようよ！　銀の皿だったら、きっとあそこで見つかるよ！　あそこにあるものだったら、満月をうつした水で少なくとも3回は洗われているはずだろう？」

「よくそこまで考えついたね、ダニエル！　よし、それでは次に必要なのは、食べ物と休息だ。コアの巣に行こう。窮地《きゅうち》を脱《だっ》する方法がきっと見つかるよ！」

ドレイク博士がぼくたちを励《はげ》まして言った。

第12章　ジャングルの墓場

私は自分を臆病者《おくびょうもの》だと思ったことはない。しかし、ジャングルで50匹《ぴき》の蚊《か》にさされることを考えたら、炎《ほのお》を吐《は》く千頭のドラゴンに遭遇《そうぐう》するほうが、まったくましだ。

——アーネスト・ドレイク博士著『ドラゴンとの生活の思い出』１９１９年

コアは、ぼくたちに必要なものをほら穴《あな》にたっぷり残してくれていた。数時間後、日は高く昇《のぼ》り、ぼくたちは十分に休んで捜索《そうさく》を続ける準備ができた。コアの宝物《たからもの》の中に、ベアトリスは銀の皿を何枚か見つけた。でも、まだ何か腑《ふ》に落ちないようで、壊《こわ》れかけの皿を手にして言った。

「これを使えば、ほんとうにアブラメリンをひきよせる呪文《じゅもん》がきくと思う？　もしきかなかったら、面倒《めんどう》なことになるわよ。それに、どうやってツングースドラゴンを捕《つか》まえて、私たちのために働かせたらいいの？」

「ドラゴンの粉が十分にあるのに、呪文《じゅもん》がきかなかったことはいまだかつてない。それに、ツングースドラゴンを捕《つか》まえることも、とくに問題ないだろう。今は引き潮《しお》だ。岸辺を少し歩けばきっとうまくいくさ」ドレイク博士が答えてくれた。

ドレイク博士は海岸沿《ぞ》いを歩きはじめた。ベアトリスとぼくは、トーチャーと一緒《いっしょ》に大きめの岩の後ろに隠《かく》れた。博士がまさに予想したように、間もなく1頭のツングースドラゴンが彼《かれ》に気づき、一直線に舞《ま》い降《お》りてきた。ぼくはくちびるをかんだ。もしアレクサンドラの命令が変わっていたら？　もしドラゴン・ハンマーをすでに発見していて、ぼくたちを生かしておく必要がないとしたら、どうなるんだろう？

でも心配にはおよばなかった。すべては計画どおりだった。トーチャーが隠れ場所からおどり出て、ツングースドラゴンのしっぽに歯を食い込《こ》ませた。そして、ツングースドラゴンが炎《ほのお》を吐《は》いても届《とど》かないあたりを動きまわって、注意を引きつけた。そのすきに、ベアトリスとぼくはツングースドラゴンの反対側からそっと近づき、手にいっぱいのドラゴンの粉を頭から浴びせた。それとともに、ここからはるか離《はな》れたベンウィヴィス山で使ったきりの、例の呪文《じゅもん》を口にした。

イヴァハスィ　イィウドウィン！
エムニオール　タイム　インスペルツ！
ボイアール　ウグオネール　ゲディツト！

最初は効果がないように見えて、ぼくたちはドキドキものだった。すると乱暴《らんぼう》な態度を見せていたツングースドラゴンがかたまり、顔にぼんやりした表情があらわれてきた。

「こちらを見て！」ベアトリスが命じると、ツングースドラゴンは素直に従《したが》った。

「座《すわ》りなさい！　少し英語がわかるのね。いいでしょ。島の反対側に古い建物があるの。墓場よ。私たちをそこに連れていってちょうだい」

ツングースドラゴンはぼんやりしていた。

「墓場って、ドラゴン語で何と言ったらいいですか?」ベアトリスがドレイク博士に尋《たず》ねた。

「ホヤーリー - グレッチ - ロックと言ってごらん? 人間の墓場のことをさして、ドラゴンがときどき使う言葉だよ。『人間、死んだ、場所』という意味だ。こんなときは、簡単《かんたん》な命令がいちばん効果的だと思う。あいつは墓場を見たことはないだろうけど、とにかくやってみることだ」

ぼくたちはツングースドラゴンの背中《せなか》に乗った。

「アルグルー、ホヤーリー - グレッチ - ロック!」ベアトリスが命じた。

ところがドラゴンはベアトリスの言葉がわからなかったようで、ぼんやりした表情で座《すわ》ったままだった。

「それじゃ、単に『飛び立ちなさい』と言ったほうがいいのかしら?」ベアトリスは思わずひとりごとを言った。

「ゲルプター、って言ってごらんよ。それに覚えておいて。ドレックスが右で、ニスターが左だよ」その言葉を覚えていたことが、自分でもうれしかった。ところがベアトリスはぼくをキッとにらみつけると、ぼくの意見なんか聞きたくないというような表情をした。何しろ、ベアトリスのドラゴン語の成績はぼくよりずっとよかったから。

ツングースドラゴンは単純《たんじゅん》な命令のほうが理解できたようで、すばやく飛び立つと、ベアトリスが指示した方向に向かった。ぼくはほんとうにホッとした。というのは、今は言うことを聞いても、そもそも敵であるはずのドラゴンにまたがることが気持ちよくなかったし、呪文《じゅもん》の効果がどれほど続くのかもわからなかったからだ。

ツングースドラゴンはいったん海の上に出てから大きく旋回《せんかい》して方向を変え、島の反対側を目指して飛んだ。眼下にジャングルが見えた。このどこかに墓場があるはずだが、樹木《じゅもく》が密集《みっしゅう》していたため、見えたのはヘビのようにうねって海にそそぐ川だけだった。

「地図に曲がりくねった線があったのを、覚えていますか?」ぼくは思い切って聞いてみた。

「川のような線のことかね?」

「はい。墓場はそのうちの一つの近くにあると思うんですけど」

「そのとおりだよ、ダニエル！」博士はそう言いながら、ツングースドラゴンをしっかりとコントロールしているベアトリスのほうを向いた。

「ドラゴンに、我々《われわれ》を河口近くのどこかに下ろすように言ってくれないか？」

数分後、ぼくたちは白い砂の海岸に降《お》り立ち、見つからなかったかどうか、注意深くあたりを探《さぐ》った。トーチャーがやたら跳《と》びはね、不安そうなようすを見せた。

「何かがトーチャーを不安にさせているのね」とベアトリス。

「私も不安だよ」そう言いながら、ドレイク博士は火山の側面の上空にちょうどあらわれた何頭かのツングースドラゴンを指さした。

「やつらはまだ我々を見つけていないようだ。しかし、もうこのドラゴンは放してやろう。ジャングルの中では役に立たないし」

ベアトリスはツングースドラゴンに、ぼくたちと会ったことを忘《わす》れるように指示し、逃《に》がしてやった。そいつが仲間のドラゴンと合流するために飛び立つのを見て、ぼくたちは急いで海岸から離《はな》れ、ヤシの木の茂《しげ》みをめざした。

「さあ、追手に見つからないように、先を急ごう！」とドレイク博士。

でも、口で言うほど簡単《かんたん》なことじゃなかった。川には土手らしきものはなかったし、樹木《じゅもく》がぐちゃぐちゃ入り組んで枝を張りだしていて、離れたところからしか水の流れを確認《かくにん》できなかった。もしかしたらまちがった川をさかのぼっているんじゃないかとぼくが思ったとき、木もうるさいハエもじゃまにならないトーチャーが、ぼくのそでをくわえ、前に引っぱりはじめた。1本の木の前でやっとぼくを放した。驚《おどろ》いたことに、その木の幹《みき》にはドラゴンの頭《とう》がい骨《こつ》と左向きの矢印が刻《きざ》まれていた。

「近づいているみたいだ！」ぼくはベアトリスと博士に声をかけた。

ジャングルはとても深く、2、3メートル先さえ見通せなかった。そのとき、ほんのわずか前に進んだベアトリスが叫《さけ》んだ。

「ここだわ！」

墓場は、わずかな空き地の中にあった。小さい長方形の建物には、木の扉《とびら》があり、その上の石には「ノーフォーク」と「ノースアンバーランド」と刻《きざ》まれていた。悪のドラゴン結社の二人の騎士《きし》の名まえだ。

「故郷《こきょう》からはるか遠くのこんなところに、どうして来たのかしら？」

「彼《かれ》らはエドワード1世によってイングランドから追放されたんだ。ドラゴンを殺りくしたときはいつでも、彼らは宝物《たからもの》の三分の一を自分のものにできたが、残りを王にさし出さなければならなかった。エドワードはそれに難癖《なんくせ》をつけた。騎士たちは王の割《わ》り当て分を金と宝石《ほうせき》でさし出したんだが、自分たちにとってとくに価値《かち》のあるものはこっそり残しておいた。その中には、我々《われわれ》が今、S.《エス》A.《エイ》S.《エス》D.《ディー》の12個の宝物として知っているものの多くがふくまれていた。エドワードはまた、悪のドラゴン結社の騎士たちの秘密《ひみつ》のたくらみを恐《おそ》れていた。騎士たちがドラゴンを殺りくするのをやめ、宝物を使ってドラゴンの部隊を組織して王に刃向かってくるんじゃないかと思っていたんだ。王は、騎士たちが王を打倒《だとう》し、王冠《おうかん》を奪《うば》おうとしていると信じ込《こ》んでいた。そのとき以来、悪のドラゴン結社のことを口にするだけでも罪《つみ》と見なされた」

「騎士《きし》たちはほんとうに王をやっつけようとしたんですか?」

ぼくの質問に、ドレイク博士は重々しくうなずいた。

「大いにあり得る。最初、エドワードはハンマーを自分の安全を守るために使った。もちろん、ドラゴンの攻撃《こうげき》に備えてのことだ。悪のドラゴン結社には、すでに何頭かの強力なドラゴンを殺りくしたあとに、やっとそれを保持することを認《みと》めた。ところが、騎士たちはその武器を使うことはなかった。それが王に疑問《ぎもん》を持たせたんだ。将来彼《しょうらいかれ》らが、ドラゴンを殺すかわりに奴隷《どれい》にすることを計画しているんじゃないかとな」

「だとしたら、ベアトリス・クロークが敵のために墓場を建てたのは、変じゃないですか?」とベアトリス。

「じつは、ベアトリス・クローク自身が生《き》っ粋《すい》の騎士だったんだ。彼女《かのじょ》は騎士道精神と寛大《かんだい》さと、騎士としてのすべての美徳を尊敬《そんけい》していた。それに、3番目の手がかりを隠《かく》し、悪のドラゴン結社が引き起こした悪行を民に思い起こさせる場所が必要だったんだ。追放された騎士たちの墓場ほどふさわしい場所は、ほかになかっただろうね」

ぼくは扉《とびら》を開けようとしてみたが、ピクリともしなかった。見ると、扉の取っ手の横に小さいプレートがあり、そこにはこうあった。

二人の首領《しゅりょう》、ここに眠《ねむ》る
それは王国内の争いの結果
おぞましい戦いにはむなしい結末
虐殺《ぎゃくさつ》されたドラゴンたちが復讐《ふくしゅう》に立ち上がる

静かな死を迎《むか》え、葬《ほうむ》られる
倒《たお》れた騎士《きし》たちは今、言葉を守る
ドラゴンの皮を得た者から発せられる
わずかな火柱が中へと導く

汝《なんじ》が探《さが》す手がかりはここに眠《ねむ》る
賢者《けんじゃ》にとって道は明らかだ
まだノックをする時ではない
扉《とびら》を開けたあとだ

「わずかな火柱が中へと導く」

そう口にすると、２段落目の意味がだんだんとわかってきた。でもいつものように、ベアトリスはぼくよりはるかに早く答えを見つけていた。

「トーチャー、こっちへ来て！　またあなたの出番よ」

トーチャーが墓場の錠《じょう》に炎《ほのお》を吐《は》きかけると、扉が開いて、飾《かざ》りけのない部屋と二つの墓石があらわれた。

「さあ、どうしましょう？　この詩には、扉を開けてからノックをするってあるけど…

…」

第12章　ジャングルの墓場

「そうだ。しかし、どこをノックするのか？　墓石の上？……」

ぼくの疑問《ぎもん》にドレイク博士も同調し、一つの墓石の上をコツンとたたいた。しかし、重い墓石に音がほとんど吸収《きゅうしゅう》されてしまった。

「いやっ！　がい骨《こつ》の手に手がかりが握《にぎ》られているのなんて、見たくないわ」ベアトリスが震《ふる》えだした。

「可能性はあるね、ベアトリス。では、ふたをどけてみよう」とドレイク博士。

墓石の片方《かたほう》にぼくが立った。ベアトリスは向こう側に回りこもうとしたが、「キャッ」と言って立ちすくんだ。足をぶつけたようだ。そのとき、うつろな音が響《ひび》いた。

「下に何かあるんじゃないの？」

ドレイク博士がその場所の床《ゆか》をたたいてみると、同じ音がした。

「手がかりはきっと敷石《しきいし》の下にあるにちがいない！」

ドレイク博士を手伝って、重い敷石を一つ持ち上げた。その下は浅い空間になっていて、ドラゴンの皮でできた袋《ふくろ》と、３番目の巻物《まきもの》があった。博士が巻物をひもとくと、べアトリス・クロークの手書きの文が片方《かたほう》の側に、もう片方に謎《なぞ》かけが出てきた。ドレイク博士が謎かけを読みあげた。

捜索者《そうさくしゃ》にここで2文字を探《さが》させよ
ためらう者、弱き者は無用だ
大胆《だいたん》に、荒々《あらあら》しく動くのだ
頭をはぎ取り、心臓《しんぞう》を引きちぎれ
ハルドラーダ王は魔《ま》よけを持つ
わが一族よ、忘《わす》るるなかれ

「まったく、うんざりだわ！」ベアトリスは不愉快《ふゆかい》そうに墓石を見つめた。

「心配ないよ、姉さん。死体を解剖《かいぼう》するなんてことはないから」

ベアトリスが突然《とつぜん》気分を悪くした理由がぼくにはわからなかった。

「でも、ベアトリス・クロークはぼくたちにS.《エス》A.《エイ》S.《エス》D.《ディー》の宝物《たからもの》を持ってこさせるつもりはなかったでしょ？　『ハルドラーダ王は魔《ま》よけを持つ』っていうのは、ヴァイキングルーシ族の魔よけの、スプラターファックスに関係していると思うんだけれど。それにしては、『頭』がないね」

「それが謎《なぞ》かけだとしたら、ほかのと同じように、あまり文字どおりにとらないほうがいいわよ」

「わかっているよ。それじゃ『一族』って何を意味しているの？」

「彼女《かのじょ》の一族っていうのは家族のことよ。でも彼女の一族の『心臓《しんぞう》』ってだれなの？」

「家族ってクローク家のことだろ？　ぼくたちの先祖だよ。だからぼくたちの家族でもあるよね」

　次のドレイク博士の指摘《してき》でぼくたちの頭も回転しはじめた。

「その点は重要じゃないと考えるべきだね。単語そのものを考えたほうがいいな。スプラターファックス（Splatterfax）の『頭《かしら》』文字は……」

「『S』です！　……それに彼女《かのじょ》の一族の名まえはクローク（Croke）だから、その『心臓《しんぞう》』つまり真ん中の文字は『O』！」ベアトリスは興奮《こうふん》をおさえ切れなかった。

「やったー！　すると、これまでの文字を並《なら》べると、A DEN SOになるね」

「そのとおりよ。でも、これだけじゃ意味をなしていないわ。それに、ここからどのように鍵《かぎ》にたどり着けるのか見当もつかないわ」

「答えが一つの謎《なぞ》かけだけとしたら？」

「謎かけがほかの謎かけにつながるって言うの？　もうドラゴン学の分野ね」

ベアトリスは少しいらいらしてきたようだった。

「どうやら、最後の手がかりを早く見つけなくちゃならんようだね」

「ピラミッドが残っていますよ」ぼくは希望の光が見えたような気がしてきた。

「とにかく、巻物《まきもの》に何が書いてあるかを見ましょう」ベアトリスが思い出させてくれた。

ドレイク博士はうやうやしく巻物をほどき、ぼくたちの先祖のメッセージを読み上げた。

尊敬《そんけい》すべき我《わ》が後継者《こうけいしゃ》へ

おめでとう！　預言《よげん》の時が近づいている。
もし私が命《いのち》を長らえていたら、ドラゴン・マスターの教えが
まだくじけていないことを知り、励《はげ》みになるだろう。
古来の言い伝えのとおり、「学ぶことで、ドラゴンの力を増し加える」のだ。

この墓には悪のドラゴン結社の最後の二人の首領《しゅりょう》が眠《ねむ》っている。
彼《かれ》らはドブリニヤのハンマーの恐《おそ》ろしい力を解き放ち、
この島に住むすべてのドラゴンを殺りくしたのだ。
そして、復讐《ふくしゅう》に燃えるアンフィテールの兄弟、コアとクアによって殺害された。
汝《なんじ》への最後の手がかりは近くにある……

アステカの階段《かいだん》ピラミッドに最後の4文字が隠《かく》されている。
ハンマーをかせから解き放つのだ！
手がかりを解くには、上を見よ。
そして、マスターが汝《なんじ》を見る姿《すがた》を見よ！
ドラゴン・スピードで行くのだ！

ベアトリス・クローク

第13章　ドラゴン・ヴァイン

一般的《いっぱんてき》な個体の動物と比較《ひかく》して、数百キロも離《はな》れたドラゴンからほかのドラゴンへの伝達の量とスピードは、並外《なみはず》れたものだ。

――アーネスト・ドレイク博士著『ドラゴンとの生活の思い出』１９１９年

人を寄せつけないジャングルを横切るのはむずかしかった。それで、ツングースドラゴンに知られることなく島の北部にたどり着くためのたった一つの方法は、海岸沿《ぞ》いを歩くことだった。ぼくたちはゆっくりと進んだ。前方を確認《かくにん》しながら進んでいたトーチャーが興奮《こうふん》して走って戻《もど》ってきたときは、ほとんど暗くなっていた。

「何があったんだい？」

ドレイク博士が遠くの海の上のほうに見える点を指さして言った。「ごらん！」

「ドラゴンですか？」ベアトリスが尋《たず》ねた。

「3頭のドラゴンだ」ドレイク博士は安堵《あんど》の笑《え》みをもらすと、波打ち際《ぎわ》を走り、大きく腕《うで》を振《ふ》りはじめた。

「プライシク！　プライシク！　ここだ！」彼《かれ》はドラゴン語のあいさつ言葉を叫《さけ》んだ。

「コアだわ！　一緒《いっしょ》に飛んでいるのはだれかしら？」

「イドリギアだ！」

「それにエラスムス！　彼《かれ》にまた会えるなんて思わなかったわ！」

ぼくたち3人は波打ち際を走り、彼らが気づくように必死に腕を振った。

3頭のすばらしい生き物はぼくたちに気づき、海岸に降《お》り立った。ぼくたちはあいさつするために駆《か》けだした。ベアトリスが思わず抱《だ》きついたので、エラスムスはひどく恥《は》ずかしがっていた。

「私たちの両親がどうなったか知っている？」ベアトリスは心配そうに顔をしかめて聞いた。

それにはイドリギアが答えた。

「彼《かれ》らは安全なところにいる。おまえたちのことが預言《よげん》に書かれていることを、彼らに伝えておいた」

「預言を知っているのかい？」ぼくは驚《おどろ》いたけれど、同時に安心した。でもそれどころじゃない、もっと大切なことを聞かなきゃならないんだ。

「両親はどうやって逃《に》げたの？」

「想像がつくと思うが、お前たちの親はティンギを見つけたんだ。ツングースドラゴンが狩猟用《しゅりょうよう》のロッジを襲《おそ》って火をつけたとき、二人はおまえたちが言ったとおりにティンギを探《さが》した。そして、庭の貯蔵室《ちょぞうしつ》に避難《ひなん》した」

「それって、古い氷の貯蔵室のこと？」ベアトリスが大声を出した。

「そうだ。そこは安全だった。しかし、狩猟用のロッジがなぜ焼けたか、それとアイリーン・ドーナン城《じょう》がどうして突然破壊《とつぜんはかい》されてしまったのか、ドラゴンのことを話さないで警察《けいさつ》に説明するのがたいへんだったようだ。彼らは勇気には分別《ふんべつ》こそが大事だと理解していた。それでわしは、彼らが逮捕《たいほ》される前に脱出《だっしゅつ》できるように助けたんだ。わしは彼《かれ》らをウォーンクリフにつれて行き、イドリギアに相談した。そこで、イドリギアとわしは最善《さいぜん》をつくしておまえたちの跡《あと》を追い、両親にはロンドンに行ってもらって救出隊を組織してもらうことで、全員が同意した。彼らはティブスのところにいるはずだ」

「お父さんたちはさぞ喜んでいるでしょうね」ベアトリスは、S.A.S.D.《エスエイエスディー》のちょっと気むずかしいティブスさんのことを思い出しながら、そっけなく言った。

「それで、あなたとティンギには何が起こったの？」

エラスムスは頭を下げて言った。

「ツングースドラゴンと激《はげ》しい戦いをくり広げたあげく、最後に、わしの力が上回ったんだ」

「君は殺されたと思ったよ。だって湖に落ちたのを見たんだ」

「わしは厳《きび》しい選択《せんたく》に迫られた。最善をつくして、戦いの中で死を迎《むか》えるか、それとも恥《はじ》をしのんで逃《に》げるかだ。ドラゴンのだれかが生きのびて、何が起こったかをイドリギアに伝えなくてはならなかった」

「ティンギはどうしたの？」

「ティンギは……ティンギは、勇敢《ゆうかん》だった。もう白夜の地へ戻《もど》ることはない。あいつは最後の最後まで戦った。あいつのほら穴《あな》は今、冷たく、空《から》のままだ」

ぼくたちは声を出せなかった。ドレイク博士は静かに頭を下げた。

「あいつは偉大《いだい》で高貴《こうき》なドラゴンだった。一族に信義を尽《つ》くし、人間に対しても誠実《せいじつ》だった。兄弟と呼《よ》べることが、わしにとっても光栄なことだ。決して忘《わす》れやしない」エラスムスの言葉には厳粛《げんしゅく》さがあふれていた。

「そうだ、忘れるものか。偉大で高貴な友人だった」イドリギアがつけ加えた。

あらためてみんなでティンギに哀悼《あいとう》の意を表《ひょう》した。そのとき、ぼくにはちょっと心配なことが出てきた。イドリギアとコア、それにエラスムスは強いドラゴンだ。しかし、3頭だけで数千もの部隊に対抗《たいこう》できるのだろうか？

「ほかのドラゴンは来るの？」

「彼《かれ》らはアトラス山脈に集合しつつある。ドラゴン・ヴァインで、ニュースはすばやく伝わった。みんな、この日を長い間待ち望んでいた。コアの言うとおり、預言《よげん》の時がもうすぐ実現する」

「でもどうして預言のことを知ったの？」

イドリギアは少し横柄《おうへい》に頭をもたげた。

「わしたちドラゴンは、何百年も前からそれを知っている。リベル・ドラコニスにも詳《くわ》しく書かれている」

「リベル・ドラコニスに？　そんなことが書かれているのは見たことがないぞ」ドレイク博士は面食らっていた。

「それは、ページの文字をよみがえらせるのに、おまえが3つの種族のドラゴンの吐《は》く炎《ほのお》しか使わなかったからだ。ヨーロッパドラゴンと、ワイバーン、それと龍《ロン》だったな。だから、その3種に関係するページしか読めなかったんだ」イドリギアが説明した。

コアが一歩前に出た。

「イドリギアが言っているのはほんとうだ。預言を読むためには、4番目の炎を使う必要がある。アンフィテールの炎《ほのお》をな」

ぼくは混乱《こんらん》していた。

「リベル・ドラコニスって、日記じゃないの?」

「それもまちがいではない。天山山脈のこちら側に住むドラゴンによって書かれた、最も偉大《いだい》で、そして唯一《ゆいいつ》の日記だ」そう言うと、コアはふと海に目をやった。

「来るんだ。夜が永遠に続くわけじゃない。こういったことを話すのなら、わしのほら穴《あな》のほうが安全だ。行く途中《とちゅう》で、敵の部隊が勢ぞろいしているのを見せてやろう。しかし静かにするんだ。まだ敵に誘《さそ》いをかける時ではないからな」

ベアトリスとぼくはエラスムスに乗った。ドラゴンの背《せ》に上がると、急に疲《つか》れを感じた。ピラミッドまで歩いていかなくてすむので、ホッとしたのだろうか。

数分後、ぼくたちは砂漠《さばく》と平原の上を飛んでいた。数え切れないほどの大きくて黒い石が転がっていた。待てよ、多すぎやしないか? 急に背中《せなか》に悪寒《おかん》が走った。石なんかじゃない! 何千ものドラゴンが寝《ね》ている。アレクサンドラ・ゴリニチカの部隊だ!

ベアトリスもおびえていた。

「アレクサンドラがどうしてドラゴンの粉をそれほど多く必要としているかが、やっとわかったわ。でも、どうやってこれほどのドラゴンを飼育しているの？」

「バイソン、バッファロー、クジラ、口に入るものならドラゴンは何でも手当たり次第さ。あの女がドラゴンの毎日のエサを確保しているんだ」エラスムスは吐《は》きすてるように言った。

「それと、こんな大きな部隊を見張る男たちを、どこから集めてきたの？」ぼくは矢つぎばやに質問した。

「おもにロシアのシベリヤとツングース地方だ。あいつは世界じゅうに工作員を持っている」エラスムスの口調にはまだ嫌悪感《けんおかん》があった。

ベアトリスが首を振《ふ》りながら言った。

「確かにアレクサンドラの部隊は強力だわ。ドラゴン・ハンマーを見つけられたとしても、ドレイク博士はあれほどのドラゴンをどうやって助けるっていうのかしら？」

「とにかく預言《よげん》を信じることだ」エラスムスが静かに言った。

ほら穴《あな》では、休む間もなかった。入るとすぐに、コアが大きな金色の箱をぼくの腕《うで》に押《お》しつけてきた。雄牛《おうし》の頭が彫《ほ》られたやつだ。

「開けてみろ！」

中には、緑色で革装《かわそう》の本があった。表紙から裏《うら》にかけて、ぐるっと、ドラゴンが浮《う》き彫《ぼ》りになっていた。本を開き、題名を見てぼくは息を飲んだ。

「リベル・ドラコニス！」

「ええっ、そんなはずないわ。リベル・ドラコニスはワイバーン・ウェイにあるはずよ！」

ベアトリスもぼくの横に来て、自分で確かめようとした。

「同じものが2冊《さつ》あるんだ。おまえが持っているのが原本だ。中世のドラゴン・マスターのギルダス・マグヌスが写しをつくって、歴代のドラゴン・マスターが保管できるようにしたんだ。そして彼《かれ》の死後、じょじょに書き加えられていった」コアが説明してくれた。

「でも、原本はスペインに保管されているんじゃないの？」

「確かに長年そうだった。本を書いたものにはスペインに人間の知り合いがたくさんいた。しかし、彼《かれ》は死ぬ前にそれをわしのもとに戻《もど》した。預言《よげん》の時が目前だ、という警告《けいこく》を言い残してな」

「あなたはだれが書いたか知っているのね？」ベアトリスはあえぎながら尋《たず》ねた。

コアは少しもったいぶった表情を見せた。

「ああ、よく知っているとも。それは……わしの兄弟、クアさ」

「クアだって！　リベル・ドラコニスを書いたのが、クアだと言うのか！」ドレイク博士が大声を出した。

コアは小首をかしげて、説明を始めた。

「やつの夢《ゆめ》は、アトランティスのドラゴンたちの業績をよみがえらせることだった。ドラゴンの学者で将来《しょうらい》人間学を学ぶものが出てくると予想したんだ。そのためには、ドラゴンと人間が互《たが》いに接近しなけりゃならん。ベアトリス・クロークの命令で、やつは預《よ》言《げん》についての情報を本に書きとめ、ドラゴン・ヴァインとドラゴン・エクスプレスを設けた。わしはここでドラゴン・ハンマーを守ると約束した。そしてやつは、将来《しょうらい》の悪に備えてやるべきことを見つけようとして出発したんだ。そして、ドラゴンの伝染病《でんせんびょう》のために死んだ。この島からギルダス・マグヌスが持ちだした粉の入れ物から発生したものだ」

「しかし、いったいどのようにしてクアは粉に感染《かんせん》したのかね？　アレクサンドラ・ゴリニチカが何年か前にその入れ物を開けただけのはずだが」とドレイク博士。

「わしの兄弟が死んだのは、つい最近のことだ。やつは、アレクサンドラが粉を使っておこなった最初のころの実験の最中に毒をもられたドラゴンの子どもを助けようとしていた。粉のほんとうの特性が知られる前だ」

「トーチャーの兄さんのスコーチャーだ！」ベアトリスとぼくはいっせいに声をあげたが、コアはそれには興味なさそうだった。

「さあ、リベル・ドラコニスを床《ゆか》に置いて、真ん中のページを開くんだ。そして、下がっていろ！」

コアは本に向かって7色の炎《ほのお》を吐《は》いた。すぐにページが息を吹《ふ》き返した。ドレイク博士が早る思いで身を乗りだし、本を持ち上げて読みはじめた。

ドブリニヤのハンマーについてのおぞましい物語

何年も前になるが、ルーシの国にヤロスラフと呼《よ》ばれた誇《ほこ》り高き王がいた。彼《かれ》は自国の領土を東西に拡張《かくちょう》せんと望んでいた。西への拡張は、ほとんど問題なく進んだ。ヴァイキングを傭兵《ようへい》として使い、着々と新天地を獲得《かくとく》していった。しかしながら、東への拡張には非常な困難《こんなん》がともなった。気性の荒《あら》い東の地の住民は王の恐《おそ》ろしい敵となって、自分たちの領土を守るために果敢《かかん》に戦った。東の地は同時に、あまたのドラゴンが住む地でもあった。

そこで、東の地に兵を派遣《はけん》する前に、ヤロスラフはスパイを何人か送り込《こ》んだ。スパイは間もなく、ドブリニヤというシャーマンに出会った。ドブリニヤはドラゴンの中で生活し、ドラゴンの友人だった。ドブリニヤはシャーマンの用具の一部として、ドラゴンを制御《せいぎょ》し、なだめるための驚《おどろ》くべき装置《そうち》を考案した。彼《かれ》はじょじょに大胆《だいたん》さを増していった。自分の技量を誇《ほこ》るかのように、宙《ちゅう》から落ちてきた石でハンマーをつくり、貴重《きちょう》なクリスタル製《せい》の金床《かなとこ》を組み合わせた。ハンマーと金床が打ち合わされると、たったひとたたきで、音が聞こえる範囲《はんい》のすべてのドラゴンを死に至《いた》らしめることができるのだ。ドブリニヤは、純粋《じゅんすい》に防衛《ぼうえい》のための武器としてハンマーをつくったつもりだった。しかし不幸にも、その力はある日、無謀《むぼう》にも解き放たれてしまった。

ドブリニヤにはドラゴンの親友がいた。彼らはしばしば楽しく交わっていたのだが、たまたま、ハンマーと金床について激《はげ》しく言い争うことがあった。ドブリニヤは、ハンマーはドラゴンにとって有用だと主張したのだが、親友のドラゴンは何の益ももたらさないと考え、ハンマーを破壊《はかい》するようドブリニヤに訴《うった》えた。二人の口論は激しさを増し、怒《いか》りのあまり発作的に、ドブリニヤはハンマーで金床を打ちたたいてしまった。親友のドラゴンは即座《そくざ》に死に至《いた》った。

親友の心臓《しんぞう》が破裂《はれつ》し、ドス黒い血が流れだしたのを見て、ドブリニヤは、自分がその武器をつくったことを悔《く》やんだ。そして親友が正しかったと理解した。すぐに彼《かれ》は、ハンマーを破壊《はかい》する計画を立てはじめた。

いっぽうで、ヤロスラフ王のスパイたちがハンマーの力を目撃《もくげき》していた。彼らはハンマーを残すようドブリニヤを説得し、ヤロスラフの王女がドラゴンに誘拐《ゆうかい》されたことを話した。王女を返してほしければ、毎週、３人の子どもを人質としてさしだせと要求しているという。ドブリニヤに、ドラゴン・ハンマーを携《たずさ》えて王のもとに同行し、王女を救ってくれるよう依頼《いらい》した。

ドブリニヤは仕方なく同意した。ところがキエフへの途上《とじょう》で、ドブリニヤはだまされたことを知った。ハンマーは取り上げられ、イワン・ゴリニッチという名の兵士にあずけられた。その武器は軍隊が東へ進軍する準備ができるまで保管された。ハンマーは、ヤロスラフ王の夢《ゆめ》の答えだった。彼の臣下が遭遇《そうぐう》することになるすべてのドラゴンを殺りくし、王国を東へ拡張《かくちょう》する切り札となるであろう。

ドブリニヤは、ハンマーを取り返す試みに何度も失敗したあげくに、悪魔《あくま》のような武器をつくりだしたことへの強い自責の念にかられ、ドニエプル川に身を投げた。凍《こお》った水にのみ込《こ》まれようとしたとき、彼《かれ》は預言《よげん》の言葉を残したのだ。


ドレイク博士が顔をあげると、ベアトリスが眉《まゆ》をひそめて尋《たず》ねた。

「イワン・ゴリニッチはアレクサンドラ・ゴリニチカとつながりがあるんですか?」

「そうだ。先祖だ。しかし、彼はハンマーを長くは保持できなかった。ヤロスラフ王がハラルド・ハルドラーダという名のヴァイキングに貸したんだが、返却《へんきゃく》されることはなかった。ハンマーを取り上げられたとき、ゴリニッチは、自分の子孫がいつの日か取り戻《もど》すと、おぞましい誓《ちか》いを立てた」コアがかわりに説明してくれた。

「アレクサンドラはそれをやろうとしているんだ! 先祖の誓いがあるから、ハンマーを取り戻そうとしているんだね!」ぼくは大声を出してしまった。

「そうだ。あるいは、ツングースドラゴンの一団に家族を皆殺《みなごろ》しにされたのをうらんで、ドラゴン族全体に復讐《ふくしゅう》しようとしているのかもしれん」ドレイク博士が言った。

わずかな静寂《せいじゃく》のあと、ベアトリスが話しはじめた。

「実際の預言《よげん》の言葉を知ることができるんですか？」

コアがリベル・ドラコニスを指さした。

「その先のページに書いてある。本物の預言は、ドブリニヤが海岸に打ち上げられたとき、首に巻《ま》きつけていた容器の中に入っていた1枚の羊皮紙に書かれていた。中世のロシア語で書かれていたが、クアが翻訳《ほんやく》した」

我《われ》は、恐《おそ》ろしいハンマーがつくられた暗い運命の日をのろう
ドラゴンが立ちむかわなければならない最大の悪
その無比の悪に対抗《たいこう》する悪があらわれるその日に
ハンマーは破壊《はかい》され

燃える炉《ろ》に投げ込《こ》まれるのだ

奴隷《どれい》と化したドラゴンと戦うため、ドラゴンの部隊が飛び交う
狂《くる》った男たちに対するは、３人の勇者
ドラゴン・マスターと、まだ成長しきらない二人
ドラゴンについて豊かな知識を持ち、年齢《ねんれい》をこえた勇敢《ゆうかん》さを示す

恐《おそ》ろしき敵に対抗《たいこう》するには、犠牲《ぎせい》がともなうであろう
高貴《こうき》なドラゴンの死が、ドラゴンの希望につながる
勝利のときに、悪には裏切《うらぎ》り者があらわれ
悪は滅《ほろ》び、すべてのドラゴンは解放される

第14章　ピラミッド

私の見た景色、おもむいた地、すべてが一つの目的に集約する。それは、ドラゴンを保護し、守りぬくこと。
——アーネスト・ドレイク博士著『ドラゴンとの生活の思い出』１９１９年

ほら穴《あな》で話し合ったあとで、ぼくたちはしばらく休んだ。目が覚めたら、もう夜明け前だった。コアの言葉を借りれば、最後の手がかりを探《さが》すのは、ぼくたちにとって最も困難《こんなん》な試練となるだろう。というのは、ピラミッドは厳重《げんじゅう》に警備《けいび》されている遺跡《いせき》の中にあり、それは島でアレクサンドラが支配している地域のど真ん中だったのだ。ドラゴンはぼくたちを頼《たよ》りとしている。失敗は許されない。

エラスムスとイドリギアは先を行き、空を飛ぶツングースドラゴンの偵察隊《ていさつたい》をぼくたちから引き離《はな》そうと試みた。そのすきにコアはぼくたちを乗せて、霧《きり》の深い島の北部に向かう。そこには深いヤシの木の森に、アステカのピラミッドが威容《いよう》を誇《ほこ》っていた。

コアはぼくたち4人を、木々に覆《おお》いつくされたじめじめした溝《みぞ》におろした。そこは、ピラミッド群をとり囲む高い壁《かべ》のすぐそばだった。壁には入口が1か所あり、石づくりの門があった。ぼくは、2頭の眠《ねむ》そうなツングースドラゴンと重々しい装備《そうび》の男たちが見張っているのを見て、すっかり気落ちしてしまった。

突然《とつぜん》ツングースドラゴンが目覚めた。さらに男の一人が興奮《こうふん》した声でもう一人に話し、肩《かた》をつかんで揺《ゆ》さぶりはじめた。ぼくは思わず息を止めた。見つかったのだろうか？しかし、男は頭上の何かをしきりに指さしていた。遠くの火山の頂上《ちょうじょう》から黒い噴煙《ふんえん》が吹《ふ》き上がるのを見たとき、不吉《ふきつ》な思いがした。果たしてぼくたちの計画はうまくいくんだろうか？

「トーチャーは？」

ぼくは息を飲んだ。横にいると思っていた赤ん坊《ぼう》ドラゴンがいないのだ。でも、森の下ばえを通りぬけて門のほうに忍《しの》び寄っているうろこの動きに気がついて、ひと安心した。

「あの子は何をしているんですか？」ぼくは声をひそめて聞いた。

「たぶん、彼《かれ》はイドリギアのやり方をまねて、我々《われわれ》のために敵の目をそらそうとしているのかもしれんな」ドレイク博士はするどい目で観察していた。

「だって、小さすぎるわ！　捕《つか》まっちゃう！」飛びだしそうになったベアトリスを、ドレイク博士が制して、下がらせた。

「大丈夫《だいじょうぶ》だ、ベアトリス！　トーチャーを信頼《しんらい》するんだ。我々も命を危険《きけん》にさらしていることを、忘《わす》れないでくれ」

トーチャーが2頭のツングースドラゴンのうちの大きいほうに近づき、しっぽに歯を立てるのを見ても、ぼくは身動き一つしなかった。ツングースドラゴンが苦悶《くもん》の声をあげグルグル回りはじめたとき、すんでのところでトーチャーは走り去っていた。ツングースドラゴンが激《はげ》しい怒《いか》りで再び吠《ほ》えてから、炎《ほのお》を吐《は》くと、近くの木々がたちどころに燃え上がった。2頭のドラゴンはトーチャーを追いかけて燃えるジャングルに突《つ》っ込《こ》んでいき、男たちも一瞬《いっしゅん》の躊躇《ちゅうちょ》のあとで追いかけた。彼らは口ぐちに汚《きたな》いののしりの言葉を吐《は》きながら、燃える森の外側のふちを回り込《こ》んだ。

「今だ！」そう言うやいなや、ドレイク博士は門の前の広場を走って横切り、ぼくたちも続いた。ピラミッドは、さまざまな状態の廃墟《はいきょ》の建造物に囲まれた大きな広場の向こう側で、こちらに正対していた。だれもいないようだったが、ドレイク博士は身をかがめて最初の廃墟に近づくと、次に、より大きな廃墟の扉《とびら》を開けて中に入った。内部はあまり損傷《そんしょう》しているように見えなかった。部屋には、ぜいたくな雰囲気《ふんいき》の敷物《しきもの》と濃《こ》い色の木の椅子《いす》が備えつけられていた。目が暗さに慣れてくると、クリスタルのシャンデリアが天井からつり下げられているのにも気がついた。

「ここって、アレクサンドラの隠《かく》れ家《が》だ！」まったく気味が悪いったらありゃしない！

「残念だが、見物をしているひまはないぞ。でも、賭《か》けてもいいが、この通路を使えばピラミッドの近くに行けるはずだ。気づかれなければの話だが」ドレイク博士が答えた。

ぼくたちはそこを出ると､すぐに王の部屋と思われるところに入り込《こ》んだ。そこには、ドラゴンが大口を開けたような形の金箔《きんぱく》が貼《は》りつけらた玉座《ぎょくざ》があり、その後ろに、頑丈《がんじょう》な鉄格子《てつごうし》でふさがれた小さな部屋があった。急がなくちゃならないのはわかっていたが、ぼくは中をのぞき込《こ》まずにはいられなかった。

見た瞬間《しゅんかん》、思わず息を飲んだ。金や銀の宝物《たからもの》に加えて、ぼくにでもすぐわかる重要なものがそろっていた。スプラターファックス、セント・ジョージの槍《やり》、それに赤い綴《と》じ本が3冊《さつ》。イグネイシャス・クルックがドラゴン・アイを探《さが》すついでに、ドレイク城《じょう》から盗《ぬす》んだものにちがいなかった。

「博士のドラゴン日記じゃないですか！」ぼくはドレイク博士を大声で呼《よ》んだ。

しかし、博士がぼくのそばに来たとき、外から話し声が聞こえてきた。ドレイク博士は自らの貴重《きちょう》なドラゴン学の記録書に一瞬《いっしゅん》目をやったが、すぐに振《ふ》り返った。

「行こう！　やつらに捕《つか》まるわけにはいかない」

通路のもっと先にある小さな部屋には窓《まど》があり、はい上がると細い道につながっていた。その先は大きな広場となり、ぼくたちはピラミッドの真ん前に出ることができた。

広い階段《かいだん》にはそれぞれドラゴンが彫《ほ》られ、さまざまな恐《おそ》ろしい活動に携《たずさ》わるようすがあらわされていた。人の頭がい骨《とう　こつ》を積み上げる、死体を焼く、腕《うで》と脚《あし》を赤ん坊《ぼう》ドラゴンにエサとしてあげるようすだ。ぼくはそれを見て震《ふる》え上がった。

「ほんとうに登る必要があるんですか？」ベアトリスが尋《たず》ねた。

「頂上《ちょうじょう》まで行かなくてはならん。そこが最適の場所だとは思わんかね？　例の詩に『手がかりを解くには、上を見よ』とあったのを覚えているかい？」

見渡《みわた》した限りでは警備兵《けいびへい》はいなかった。しかし、広場を突《つ》っ切って階段《かいだん》を登るまで、ずっと緊張《きんちょう》しっぱなしだった。頂上は小さなあずまやのようになっていて、派手《はで》に飾《かざ》られた丸テーブル以外何もなかった。テーブルは、あずまやの天井に開いた穴《あな》とほぼ同じ大きさで、その穴の真下に置かれていた。テーブルの天板の周囲にはいろんな種類の動物や鳥が描《えが》かれ、中央にはまるで動物たちの王のようにドラゴンが描かれていた。

「このドラゴンはどうして舌を突《つ》きだしているのかしら？」

「舌ではないよ。ドラゴンが心臓《しんぞう》を食べているところだよ」

ベアトリスの質問に、ドレイク博士が肩《かた》をすくめて答えた。

第14章　ピラミッド

ベアトリスの顔がサッと青ざめた。「ここって何をするところなの？」

ドレイク博士は手をテーブルの上にかざした。

「これはいけにえの儀式《ぎしき》をするピラミッドなんだ。この聖壇《せいだん》の上で、祭司がいけにえとなる人間の心臓《しんぞう》をえぐり出す。アステカの民はここでドラゴンを神として礼拝《れいはい》していた」

「見て！　きっと、ぼくらを見つけたんだよ。手がかりを早く探《さが》さなくちゃ！」

警備兵《けいびへい》が広場を走って、近づいてきていた。

「テーブルに書かれた文字は？」ベアトリスはテーブルにさっと目を走らせた。

「どの文字かね？」ドレイク博士も当惑《とうわく》していた。

ベアトリスはテーブルのへりに書かれた文字の一つを指した。「これを見て！」

「それはヘビだよ」

「ヘビじゃなくて、その横よ！」

ぼくは目を細め、じっと見つめた。すると確かに、うすく刻《きざ》まれた記号が見えた。ドラゴン文字のEだ！　よく見ると、テーブルの周りにあるすべての絵の横に小さなドラゴン文字がついていた。ドラゴンにはF、花にはU、ジャガーにはTH、戦士にはA、杯《さかずき》にはR、短剣《たんけん》にはK、頭がい骨《とうこつ》にはG、鷹《たか》にはY、ヘビにはE、そのほか多すぎて、全部確認《かくにん》するには時間が足りなかった。

「意味がわかりますか？」ぼくはドレイク博士に尋《たず》ねた。外では警備兵《けいびへい》がピラミッドの土台まで来て、四方に散らばっていた。

「これはドラゴン文字のアルファベットを絵であらわしたものだな。それぞれの絵がどの文字をあらわすかがわかる。しかし、必要なのは4つの文字だけなんだが、これでは多すぎてわからない！」

「ドラゴンの口にある心臓《しんぞう》に、もう二つ記号がありますよ。UとP……Up、『上へ』ですね！」

少しのあいだ、ベアトリスは戸惑《とまど》いの表情を見せていた。その後、頭を後ろにそらし、天井に目をやった。

「たぶん、Upっていうのは、手がかりを見つけるには上を探《さが》さなくちゃならないって

天井にはとりたてて飾《かざ》りはなく、穴《あな》が開いているだけだった。

ことじゃないの？」

「何もないみたいだ」

ぼくがそう言った直後に聞こえた外からの叫《さけ》び声に、ぼくたちは凍《こお》りついた。警備兵《けいびへい》の一人がぼくたちのほうを指さし、見覚えのあるいまいましい生き物がジグザグに走りながら広場を横切ってきた。

「フリッツよ！」ベアトリスが泣きだした。それが、ぼくたちが次の行動に移るきっかけとなった。警備兵は階段《かいだん》を登りはじめた。

「屋根はどう？『上』でしょ？　それに、屋根にあがれば、ドラゴンの呼《よ》び笛を使って、助けを呼べますよ！」

ぼくたちはすぐにいけにえのテーブルにとび乗り、天井の穴から平らな屋根にはい上がった。ぼくはドラゴンの呼び笛を吹《ふ》いたが、何も変わったことは起こらなかった。屋根には石のかたまりが4つあっただけだった。ピラミッドがつくられたときに残されたものだろう。そのあいだにも、警備兵《けいびへい》は近づいてきていた。

「この石をあいつらにぶつけようか？」

「待って、ダニエル！　見て、絵があるわ！」

ぼくは手の中の石を見てみた。

「ほんとうだ。頭《とう》がい骨《こつ》だよ！」

ベアトリスが別の石を拾うと、杯《さかずき》の絵があった。

「ここにある石の絵が、最後の４つの文字じゃないのかしら？　聖壇《せいだん》にあったドラゴン文字では、頭がい骨はGで、杯はRをあらわしていたわね」

危険《きけん》がなくなったわけじゃなかったけれど、ぼくは興奮《こうふん》を覚えていた。残りの二つの石も拾ってみた。

「ヘビと鷹《たか》があるよ。ヘビはEで、鷹はYだったよね」

「GREY、灰色《はいいろ》って？……」ベアトリスの言葉を受けて、ぼくはすべての文字をつなげてみた。

「A den so grey. これって何を意味しているのかな?」

ちょうどそのとき、何人かの警備兵《けいびへい》が下の部屋になだれ込《こ》んできて、ロシア語でわめきだした。

「どうしよう!」ベアトリスは半べそだった。

「ほら、あそこだ!」ドレイク博士が上を指した。

博士の指す方向に目をやると、安心が込みあげてきた。コアだった!

間一髪《かんいっぱつ》だった。屋根の上に降《お》り立ったコアの背中《せなか》に、ぼくたちは急いで乗り込んだ。

空に舞《ま》い上がりながら下を見ると、ツングースドラゴンの炎《ほのお》でつけられた火は、今では
ジャングルのかなりの部分を覆《おお》って、黒い煙《けむり》をあげていた。

「トーチャーは?」

心配する必要はなかった。すぐあとにイドリギアとエラスムスが合流したのだが、エ
ラスムスの背には得意満面のトーチャーの姿《すがた》があった。

「ツングースドラゴンはどうした?」ドレイク博士が2頭のドラゴンに尋《たず》ねた。

「思いがけずわしたちと鉢合《はちあ》わせして、てんでに逃《に》げてしまった」とイドリギア。

「厄介払《やっかいばら》いができてよかった！」

ぼくたちは尾根に沿《そ》って飛び、火山の頂上《ちょうじょう》に近づいた。

「コア、ここで下ろしてくれ。この先の行動を決めなきゃならん。アレクサンドラのドラゴン部隊全部とかかわるなんて危険《きけん》をおかすわけにはいかない」

ぼくたちは着地したコアの背中《せなか》からすべり下りた。

「さあ、手がかりの10文字をすべて見つけたわけだ。A-D-E-N-S-O-G-R-E-Y。コア、君は何か気がつくかね？」

アンフィテールは静かに首を振《ふ》った。

「A den so grey.『巣穴《すあな》は灰色《はいいろ》だ』っていうこと？　この辺の岩はみんな黒いわ」ベアトリスがあごに手を添《そ》えて言った。

「次に巣穴を見なければならない、ってことじゃないのかな？　そこで鍵《かぎ》が見つかるってこと？」

ぼくの意見を聞いて、ベアトリスは顔をしかめた。

「これが別の謎《なぞ》でない限り、巣穴《すあな》を探《さが》すなんてことをしている場合じゃないわよ！」

突然《とつぜん》、ある考えが浮《う》かんだ。

「A den so grey っていうのが、回文だとしたら？」

「それだ！」ドレイク博士が即座《そくざ》に答え、棒《ぼう》を1本拾うと、地面に文字を書きつらねた。トーチャーとぼくたちは、静かにそれを見つめた。

ぼくはちょっと引っかかることがあった。

「どうも、全体が見えていないように思えるんですけど。最後の手がかりの中に、理解できないことがあるんですよ。『手がかりを解くには、上を見よ。そして、マスターが汝《なんじ》を見る姿《すがた》を見よ！』ってありましたよね。でもぼくたちはマスターをまだ見ていないし、そもそもマスターってドラゴン・マスターのことなのかなあ？　マスターの姿って、どこで見られるの？」

地面の文字を何気なく見つめていたとき、ぼくはパッとひらめいた。文字が頭の中で並《なら》びかえられ、答えが浮《う》かんできた。全身を悪寒《おかん》が走った。わかったんだ！

「Dragon's eye ドラゴン・アイだ！　回文の答えは、ドラゴン・アイだよ！」

　ぼくの興奮《こうふん》にあと押《お》しされるように、ドレイク博士がポケットから宝石《ほうせき》を取り出した。

「ドラゴン・アイ！　そうだ、ダニエル、よくやった！　宝石の中にあらわれるドラゴン・マスターの姿《すがた》が、鏡からこちらを振《ふ》り返るように見える。ドラゴン・アイが常に重要なものだったということが、これで納得《なっとく》できる」

　ベアトリスがヒューッと口笛を吹《ふ》いた。

「それじゃ、もう一つの問題を解決しなくちゃ……」

ところがそのとき、どこからともなくフリッツがあらわれ、宝石《ほうせき》をひったくろうとした。ピラミッドからぼくたちの跡《あと》をずっとつけて来たにちがいない。もしトーチャーがサッと反応しなかったら、ドレイク博士の手からかんたんに取り上げたはずだ。赤ん坊《ぼう》ドラゴンはパッと飛び、フリッツを払《はら》いのけた。ドワーフドラゴンは悔《くや》しそうに吠《ほ》えて、逃《に》げだした。ドレイク博士は急いでドラゴン・アイをコートのポケットに戻《もど》した。

「危《あぶ》なかった！」ベアトリスはぶるっと体を震《ふる》わせると、今度はゆっくり首を振《ふ》りはじめた。恐《おそ》ろしい事実に気づいたようだった。

「どうしましょう……、アレクサンドラが私たちを捕《つか》まえるのにそれほど熱心じゃなかったのには、たぶん、理由があったのよ。もしすべてのことが最初から計画されていたとしたら？　フリッツはずっと私たちの跡《あと》をつけていたんじゃないかしら？」

ドレイク博士がゆっくりとうなずいた。

「そうだ！　ベアトリス、君の考えが当たっているかもしれない」

二人の会話が、ぼくにはさっぱりわからなかった。トーチャーが土壇場《どたんば》で助けてくれたんじゃないの？

「アレクサンドラは、自分では洞窟《どうくつ》に入る鍵《かぎ》を見つけられないってわかっていたのよ。それで、私たちを泳がせて、見つけさせるように仕向けたのね。そもそも私たちを島へ招きよせたのも、それが理由よ。彼女《かのじょ》はどこにハンマーがあるかを知っているわ。今はドラゴン・アイが必要なの。それがあれば、すべてを得られるのよ！」

絶望的な状況《じょうきょう》に置かれていることを、ぼくはやっと理解した。

「フリッツは、ドラゴン・アイが鍵《かぎ》だってぼくたちが発見したことをアレクサンドラに伝えるだろう。アレクサンドラはドラゴン部隊に命じて、ぼくたちを捕《つか》まえる……。これじゃ望みがないよ」

コアが重々しく言った。

「これ以上ここにはいられない。すぐにドラゴンの洞窟《どうくつ》に行こう。ベアトリス・クロークの記したとおりなら、ドラゴン・マスターが扉《とびら》を開けられるはずだ」

ところが、コアに乗って出発しようとしたとき、もう一つ気になることが心に浮《う》かんできた。

「一つ聞いていい？　フリッツはドラゴンの粉でコントロールされているんでしょ？　あいつはアレクサンドラを助けているけれど、もしアレクサンドラがハンマーを手にしたら、ドラゴン族に何が起きるか、考えたことはないのかな？　自分の心臓《しんぞう》も破裂《はれつ》して、死んじゃうかもしれないのに？」

ドレイク博士はぼくの質問をじっくり聞いてくれた。

「君の疑問《ぎもん》は正しいと思う、ダニエル。アレクサンドラが何を計画しているか、フリッツはいっさい考えていないのだと思うね」

「それじゃ、もしあいつが気づいたら、どうなっちゃうんだろう？」

第15章　13番目の宝物《たからもの》

ドラゴン学の真の学徒たる者は、「恐怖《きょうふ》」「無知」「強欲《ごうよく》」といった、一般《いっぱん》の人びとがドラゴン族に抱《いだ》く典型的な感情などには無縁《むえん》だ。

―アーネスト・ドレイク博士著『ドラゴンとの生活の思い出』１９１９年

コアに乗ってドラゴンの洞窟《どうくつ》に向けて飛んだときには、黒い煙《けむり》が不吉《ふきつ》な雲となって島全体に広がっていた。アレクサンドラのドラゴン部隊が襲《おそ》ってくるかもしれないと思い、ぼくはコアのたてがみの羽をしっかりつかんでいた。でも空は異様《いよう》に静かだった。

火山の頂上《ちょうじょう》は灰《はい》で埋《う》まっていた。いっぽうで、噴火口《ふんかこう》からあふれ出た溶岩《ようがん》がわき立ち、マグマがときどき空高くあがっていた。火山学者でなくても、噴火《ふんか》がいつ起こってもおかしくないことはわかるはずだ。

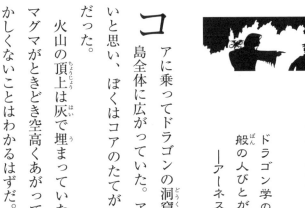

コアは山あいを飛び、つるつるすべる岩棚《いわだな》にぼくたちを下ろした。

「ドラゴンの洞窟《どうくつ》はそこからつながっている。でも、覚えておくんだ。ハンマーと金床《かなとこ》を取ってきたら、ほかにどんなものを見つけたとしても置いてくるんだ」

岩棚の向こうのほうに、コケで覆《おお》われた一対の石の扉《とびら》があった。ドラゴン・アイによく似た輝《かがや》く宝石《ほうせき》が2つの扉《とびら》の中心にとりつけられ、それぞれ違《ちが》った顔のイメージがうつしだされていた。1つはベアトリス・クロークで、もう一つはアンフィテールだった。コアか、コアの兄弟のクアだ。2つの石の中間には、3つ目の石の受け口があった。

ドレイク博士はドラゴン・アイを取り出し、受け口のコケを取りのぞくと、そこにさし込《こ》んだ。彼《かれ》が後ろに下がると、それぞれの石の中心深くでドラゴンの炎《ほのお》が渦《うず》となってあらわれた。

扉が内側に開くと、暗く、乾《かわ》いた洞窟があらわれた。のぞき込《こ》むと、武器と、輝く宝物《たからもの》がうず高く積み上げられていた。中央に、悪の香《かお》りを放ち、黒いクリスタルでできた金床の上につり下げられていたのは、まぎれもなくドラゴン・ハンマーだった。

ドレイク博士は大またで洞窟《どうくつ》に入り、ドラゴン・ハンマーに手を伸《の》ばした。大きさを確かめると、わりと簡単《かんたん》にそこから持ち上げた。ドラゴン・ハンマーは見かけよりはるかに軽かったのだ。

「これが13番目の宝物《たからもの》だ」彼《かれ》は厳《おごそ》かに述べた。

ようやくハンマーにたどり着けたことに、ぼくは正直ホッとした。でも同時に、そのすさまじい潜在《せんざい》能力を考えてゾッとした。急いでここから出ないと。でも、ぼくたちが洞窟を出ようとしたまさにそのときに、声が響《ひび》いてきた。

「動くな！　ドラゴン・ハンマーはあたしのもんだ！」

振《ふ》り向くとそこに、アレクサンドラ・ゴリニチカがいた。灰《はい》でしま模様《もよう》になったマントとフードをかぶった姿《すがた》は、生身《なまみ》の人間というよりは、むしろ火山灰《かざんばい》から生まれた悪魔《あくま》のようだった。洞窟の入口に堂々と立った彼女《かのじょ》は、長い指を前に突《つ》きだし、灰色《はいいろ》のフードの下で暗い目を光らせていた。フリッツが、まるでいたずら好きな子どものように、彼女の肩《かた》の上でかがんでいた。後ろに控《ひか》えたドラゴンの大群のうち、何頭かは戸口にいたが、残りは滝《たき》の向こうの空中にただようか、陰気《いんき》な空で飛びまわっていた。しかし、人間の警備隊《けいびたい》はどこにも見当たらなかった。噴火《ふんか》が恐《おそ》ろしくて、逃《に》げだしたのだろうか？

アレクサンドラは洞窟《どうくつ》の中に踏《ふ》み込《こ》んできた。

「ハンマーをよこすんだ、ドレイク。いやだとは言わせないよ」

「気をつけるんだな、アレクサンドラ。こちらには武器がある。おまえ自身は丸腰《まるごし》だ。私が一撃《いちげき》を加えれば、すべてが終わる」

「やれるものなら、やってごらん？」とアレクサンドラ。

長い中断があった。

地面が振動《しんどう》を始め、ぼくは思わずよろめいた。アレクサンドラ・ゴリニチカは何も反応しなかった。そのかわりに高笑いし、トーチャーを指さした。

「おまえはハンマーをたたけない。この生き物に何が起きるか、心配のはずだからな」

ドレイク博士は何も答えなかった。すると、少し前に話したことを思い出したのか、ドワーフドラゴンのほうに目をやった。

「フリッツ、おまえは理解できるな。おまえは私の側にいるわけじゃないが、私がすべてのドラゴンの友人だということは保証する。お前の女主人がハンマーの力を解放したら、お前も死ぬんだぞ」

「馬鹿《ばか》なことを言うな。あんなウソを信じるんじゃないぞ、フリッツ」

ぼくはフリッツが自信なさげな動きをするのを見逃《みのが》さなかった。果たして、理解したんだろうか？　でも、今は探《さぐ》っているひまはない。ベアトリスがアレクサンドラとドレイク博士の真ん中に立った。ぼくも横にいた。

「ハンマーはおまえのものじゃないわ！　S.《エス》A.《エイ》S.《エス》D.《ディー》の所有物よ！」

「ベアトリス、だめだ！　後ろに下がるんだ」とドレイク博士。

アレクサンドラがフードを上げたので、狂《くる》った顔をはっきりと見ることができた。頭に載《の》せた風変わりなかぶとは、ドラゴンの町にあった宝物《たからもの》の保管庫で見た飾《かざ》りのついた船のかじを思いださせた。

「おまえはこの子どもたちをしかるより、ほめてやるべきだな、ドレイク。こいつらの愚《おろ》かな勇気は、まったく表彰《ひょうしょう》ものだな。たぶん、一人くらいはドラゴン・マスターになれたんじゃないのか？」

「今でもそのつもりだ！」ぼくは腹《はら》が立って、怒鳴《どな》りかえした。

アレクサンドラは悲しげに笑った。

「わかった。今でもこいつらは何が起ころうとしているのか理解していないな。でも、子どもの遊びはおしまいだ。ドレイクはおまえたちに、ドラゴンに死の危険《きけん》が迫《せま》っていると言ったのか？　信じちゃいけない。やつらは増えているし、反乱《はんらん》を起こそうとしているんだ。そうしたら、貴重《きちょう》な人類文明はどうなってしまうんだ？」

「ドラゴンは反乱を起こしたりしないわ。人間の友だちよ！」ベアトリスは怒《いか》りで顔を紅潮《こうちょう》させていた。

「今にわかるさ。ところで、おまえたちに提案があるんだが。おまえたち二人が力を求めていることはわかっている。ドレイクには使う意気地がないようだがね。あたしと一緒《いっしょ》にくれば、おまえたち二人ともドラゴン・マスターにしてあげるよ。そのために、ハンマーの力を分かちあって、賢《かしこ》い使い方を学ぶんだ。すべてのドラゴンが死ぬというわけじゃない。必要なのは、賢明《けんめい》な選択《せんたく》だ。おまえたちはどちらにつくか選ぶことができる。あたしと一緒《いっしょ》なら、人間とドラゴンの間の新しい平和な時代の先導役になれるんだ」

「おまえは、ダニエルとベアトリスがそんなあきれたウソに従《したが》うとでもほんとうに思っているのか？」ドレイク博士は憤《いきどお》っていた。

アレクサンドラの言っていることはまったく不合理なものだった。しかし、ドレイク博士を怒《おこ》らせたことも、計画の一部かもしれなかった。

アレクサンドラの目があやしく光っていた。自分のつくり話を自分で楽しんでいるようだった。

「ウソつきはおまえだ、ドレイク！　その力もないくせに、子どもたちを守るなどと約束している。それはおまえもわかっているはずだ」

「おまえは、だれかをドラゴン・マスターにすることなんてできないさ。ドラゴンだけができるんだ！」ぼくは叫《さけ》んだ。

アレクサンドラは首《くび》を振りながら言った。

「ハンマーが手に入れば、何でもしたいことができるようになるのさ。ハンマーをあたしのものにするのは、当然の権利《けんり》だ。だから、おまえたちを助けてやろうとも提案したんじゃないか」

彼女《かのじょ》は少し間をおくと、今度は怒《おこ》ったそぶりを見せた。

「しかし、いやというなら、おとなしく手を引くんだ」

「あなたは強い人だと思っていた。でも、今わかったわ。あなたは弱いのよ。先祖が800年も前に立てた誓《ちか》いを、ほんとうに実行するつもり?」ベアトリスは腕《うで》を組んで、勇敢《ゆうかん》に言い放った。

アレクサンドラは高らかに笑った。

「あたしの先祖はあわれな愚《おろ》か者さ。ハンマーを捨《す》てることを拒《こば》むべきだった。ヤロスラフ王とハラルド・ハルドラーダの両方に対して反乱《はんらん》を起こしてもな。ところが、おめおめとハンマーを取り上げられ、やったことといえば、いつか子孫が取り返すなどという誓《ちか》いを残しただけだ。あのあほうは、自分が臆病《おくびょう》でできなかったことを、自分の子孫に託《たく》したのさ。あたしは誓いなんか、気にも留めちゃいないさ。ハンマーはあたしのものさ。さあ、こっちによこすんだ。さもないと、子どもたちは即刻《そっこく》死ぬことになるよ」

アレクサンドラはベアトリスとぼくを押《お》しのけて、ドレイク博士の手からハンマーをひったくった。そして、目をつぶると、顔の前で握《にぎ》りしめた。

「これだ。この時をどれほど待っていたことか。おまえたちはハンマーの力が解き放たれる証人になるんだ」

彼女《かのじょ》は振《ふ》り返って、後ろにいたドラゴンに言った。

「持っていけ！　金床《かなとこ》もな。勝利の時はもうすぐだ！」

＊

それはおぞましい光景だった。ドレイク博士、ベアトリスとぼくは、火山の頂上《ちょうじょう》に立ち、空も地上もアレクサンドラのツングースドラゴン部隊にとり囲まれていた。ゴロゴロいう音が常に響《ひび》いていた。暗い空からは灰《はい》が降《ふ》っていた。ただ一つ明るかったのは、溶岩《ようがん》のほとばしりに合わせて噴火口《ふんかこう》からあがる、地獄《じごく》のようなオレンジ色の炎《ほのお》だった。

フリッツはどこにも見当たらなかった。トーチャーには4頭のツングースドラゴンがついていた。逃《に》げ道はどこにもなさそうだった。ぼくは姉さんとドレイク博士をしっかり抱《かか》えた。

アレクサンドラ・ゴリニチカは、噴火口のふちから2、3メートル離《はな》れた場所に置かれたクリスタル製《せい》の金床《かなとこ》の前に立っていた。フードとマントをぬいだアレクサンドラは、アトランティス風のかぶとに加えて、小手やら重そうなブーツやら、頭から足の先まですっぽりとドラゴンの皮でできたよろいに包まれていた。

「そうか、それで、あいつは噴火口のふちでも熱さに耐《た》えることができたんだ！」

ぼくは思わず険《けわ》しい表情でうめいた。彼女《かのじょ》はハンマーを2、3回試しに振《ふ》ってみて、かんたんに扱《あつか》えるのに満足してニヤついた。

「やっと帳尻《ちょうじり》が合った。この時をずっと待ち望んでいたんだ。ドラゴンの赤ん坊《ぼう》を連れてこい！」

トーチャーはジタバタしたが、ツングースドラゴンの相手ではなく、金床《かなとこ》のところに無理やり引きずってこられた。

「ドラゴンの呼《よ》び笛は取り上げられなかったでしょ、ダニエル？　さあ、吹《ふ》いて！　イドリギアとコアを呼んでちょうだい。こんなことやめさせなくては」ベアトリスが小声で言った。

ぼくは呼び笛がついた鎖《くさり》を探《さぐ》ったが、途中《とちゅう》でやめた。

「アレクサンドラが金床をハンマーでたたいたら、イドリギアたちも死んじゃうんじゃないか！」

「預言《よげん》には、自由ドラゴンの部隊が立ち上がって、奴隷《どれい》になったドラゴンの部隊と戦うとあったでしょ？　今はそれを信じなきゃ。それしかチャンスはないわ！」

ぼくはドラゴンの呼び笛を口にした。ところが、あたりがあまりにグラグラ動くものだから、最初は音を出せなかった。しかし、ようやくひと息吹《ふ》いた。

するとまるでそれを待っていたかのように、黒い雲が切れたかと思うと、噴火口《ふんかこう》の反対側のふちにコアが舞《ま》い降《お》りた。そしてイドリギアとエラスムスが続いた。それだけではなかった。自由ドラゴンの部隊が来たんだ。ブライソニアとトレギーグル、パンテオンと何頭ものガーゴイル、ウワッサと6、7頭のワイバーン。それでも、全体の数はわずかだった。戦いになったら、はたして勝つ見込《みこ》みはあるのだろうか？

「ドラゴン・マスター、攻撃《こうげき》を命じてもよろしいかな？」エラスムスがドレイク博士に尋《たず》ねた。

アレクサンドラがハンマーをトーチャーの頭の上にかかげ、あざけり笑った。

「やってごらん。そしたらあたしはこの赤ん坊《ぼう》ドラゴンのかわりに、金床《かなとこ》を打つまでさ。おまえたちはみんな、それでいちころだ。じつに残念だな。おまえたちのうち2、3頭は生かしておいてやろうと思っていたのに。ドラゴンを飼い慣らして、見世物小屋でもつくろうと考えていたんだ」

「エラスムス、待つんだ」ドレイク博士が言った。

「そうだ。やめとけ、エラスムス」アレクサンドラがからかうように続けた。

「アーネスト・ドレイク博士に感謝する日がくるなんて思ってもいなかったよ。あんたがでしゃばってくれたおかげでこいつらを集めることができて、1頭ずつ殺すような面《めん》倒《どう》なことをしなくてすんだ。礼の一つも言わなくちゃな」

彼女《かのじょ》はハンマーを振《ふ》り上げた。

「やめろ！　赤ん坊《ぼう》ドラゴンを放すんだ！　わしがかわりになる」イドリギアが叫《さけ》んだ。

アレクサンドラはもう一度笑った。

「あたしが助けてやろうと思った1頭は、まさにおまえなんだがね、イドリギア。おまえが毎日あたしにかしずいて、あたしの命令を受ける姿《すがた》を見たかったたね。でも、そんなことはどうでもいい。こっちに来て、頭を地面に着けるんだ」

ドレイク博士はぼくの横で体をこわばらせていた。ぼくも心底恐《おそ》ろしかった。

「信用しちゃだめだよ、イドリギア！　わなだよ。どっちにしろ、トーチャーを殺す気だよ」

　ところがガーディアン・ドラゴンにはぼくの声が聞こえなかったようだ。アレクサンドラの後ろでフリッツが飛び上がり、噴火口《ふんかこう》の上空から女主人を観察するようすが見えた。彼《かれ》には、ドレイク博士に言われたことが理解できなかったようだ。いずれにしろ、みんなと一緒《いっしょ》に死ぬことになるだろう。

　ベアトリスがぼくの腕《うで》を痛《いた》いほど強くつかんだ。

「イドリギア、行っちゃいけないわ！」

「ほかに方法がないんだ。預言《よげん》には犠牲《ぎせい》のことも書かれている。それに自ら進んでやらなきゃならないことも」

　高貴《こうき》なドラゴンがアレクサンドラの前にひざまずいた。

「いいだろう。金床《かなとこ》の隣《となり》に、頭を横たえろ！」

　イドリギアは言われたとおりにした。

「どうしてイドリギアはアレクサンドラに炎《ほのお》を浴《あ》びせないの？　ツングースドラゴンは

何が起きているか理解できないの？　アレクサンドラはドラゴンを全部殺そうとしているのよ！」

信じられないという表情でベアトリスが言った。

「残念ながら、彼女《かのじょ》のあやつる力は相当なものらしい」とドレイク博士。

「コア、アレクサンドラをやめさせて！　イドリギアを助けて！」ぼくは叫《さけ》んだ。

しかし、アンフィテールは動こうとしなかった。

アレクサンドラは前に進み、両腕《りょううで》でハンマーを振《ふ》り上げた。

「おまえは愚《おろ》か者だな、イドリギア。おまえが犠牲《ぎせい》になってほかのドラゴンを助けられると思っているのか？　死んだシャーマンの狂《くる》った預言《よげん》が、あたしの先祖の誓《ちか》いよりほんとうに価値《かち》があると思っているのかい？　ダニエルの言うことを聞くべきだったな。おまえはしくじったんだ。皆殺《みなごろ》しにしてやる！」

アレクサンドラは金床《かなとこ》の上にハンマーを振《ふ》りかぶった。ぼくは泣きそうだった。彼女《かのじょ》は、イドリギアではなくて、金床を打つつもりなんだ！

ぼくの横で、ベアトリスが息を飲んでいた。すぐそばで、ドラゴンの心臓《しんぞう》を破裂《はれつ》させる悪の鐘《かね》が鳴らされようとしているのだ。

ところが、なぜか音はしなかった。そのかわりに悲鳴が聞こえ、前足の爪《つめ》で引っかこうとするフリッツの攻撃《こうげき》をかわすために、アレクサンドラがハンマーでしゃにむにあちこちをたたく音がした。

トーチャーについていた4頭のツングースドラゴンが、トーチャーそっちのけですぐに動き、ドワーフドラゴンに向かっていった。しかしフリッツはすばやく身をかわし、いったん後ろに下がると、何度も攻撃をくり返した。アレクサンドラはハンマーを片手《かたて》に持ち、もう片方の手で顔を防ぎながら、金床《かなとこ》に一撃《いちげき》を与えようとした。

そのとき、イドリギアが動いた。しっぽを彼女《かのじょ》の腰《こし》に巻《ま》きつけると、噴火口《ふんかこう》のふちに容赦《ようしゃ》なく引きずっていった。そのまま燃えて灰《はい》になってしまえば、いい厄介払《やっかいばら》いだ。

ところが、今度は4頭のツングースドラゴンがすばやく寄ってきて、アレクサンドラを守るために、イドリギアの翼《つばさ》と脇腹《わきばら》に牙《きば》を食い込《こ》ませた。アレクサンドラはイドリギアにしっかりと捕《つか》まえられていたが、ガーディアン・ドラゴンの炎《ほのお》を浴びせかけられても平気だった。

「フリッツ、あいつらにだまされるんじゃないよ！　どうしてあたしが、忠実なおまえを殺すというんだい？　やめるんだ！」

フリッツが最終的にアレクサンドラに刃向《はむ》かうようになったのは、ぼくたちの言うことを聞いたからではなく、彼女《かのじょ》の言葉と、自分の目で見たことが引き金となったようだ。

アレクサンドラはイドリギアにハンマーをたたきつけた。イドリギアはどうと倒《たお》れ、うろこのあいだからしみ出た黒く濃《こ》い血が、体の下の岩を溶《と》かしはじめた。うろこが傷《きず》つくことはなかったが、ハンマーの力にはかなわなかった。

悪魔《あくま》のような武器で自分たちも倒《たお》されることを恐《おそ》れたのか、ツングースドラゴンたちはイドリギアから離《はな》れ、しっぽを巻《ま》いて逃《に》げだした。しかしフリッツはまだやめなかった。イドリギアにもアレクサンドラにも同じように、凶暴《きょうぼう》な怒《いか》りで咬《か》みつき続けた。

「助けておくれ！」死にかけたドラゴンからなんとか逃《のが》れようと、アレクサンドラは金切り声をあげた。ツングースドラゴンがしぶしぶ戻《もど》ってきて、巻《ま》きついたイドリギアから体をくねらせて抜《ぬ》けようとする女に手を貸した。

「イドリギアを助けなきゃ！」

ぼくはドレイク博士に向かって叫《さけ》んだ。

ドラゴン・マスターの目は悲しみに沈《しず》んでいるようだった。

「もう遅《おそ》い。助けることはできない。傷《きず》は致命的《ちめいてき》だ。ほかのドラゴンを救わなければ……。ハンマーを破壊《はかい》しなければならん！」

トーチャーが咆哮《ほうこう》をあげ、勇敢《ゆうかん》に飛びだした。しかしアレクサンドラの一撃《いちげき》がかすめると、弱々しく地面にひっくり返った。そのあと、彼女《かのじょ》はまちがってツングースドラゴンに向かってハンマーを振《ふ》るい、1頭をたたいてしまった。完全にノックアウトされた仲間を見たツングースドラゴンは、すごすごと退散した。今度はイドリギアの頭を何度も打ちたたいた。あの調子なら、金床《かなとこ》を打つのは時間の問題だろうか？

そのとき、イドリギアは深刻《しんこく》な傷《きず》を負っていたが、残った力をふりしぼり、しっぽをアレクサンドラの腰《こし》にもう一度巻《ま》きつけ、フリッツをあごで捕《つか》まえた。そして、卑劣《ひれつ》な一人と1頭を噴火口《ふんかこう》のふちに引きずっていった。「3人」は今にも落ちそうにゆらめいていた。

そのとき、「3人」の足もとの地面がくずれた。フリッツは最後の望みをかけて、イドリギアをふりほどこうともがいた。アレクサンドラはイドリギアの締《し》めつけから逃《のが》れる術《すべ》がなかった。彼女《かのじょ》は苦悶《くもん》の声をあげると、渾身《こんしん》の力でハンマーを空高く放り上げた。そして、自由になった手でドワーフドラゴンのしっぽを捕まえた。「3人」は溶岩《ようがん》になだれ落ちた。最後の瞬間《しゅんかん》、イドリギアはドレイク博士をその目でしっかりと捉《とら》えた。フリッツは小さな翼《つばさ》を狂《くる》ったようにはためかせた。アレクサンドラは、身も凍《こお》るような甲《かん》高《だか》い声をあげた。

直後に、ハンマーが落ちてきて、溶岩《ようがん》の表面を打ちつけた。その爆発《ばくはつ》はすさまじく、溶岩が10数メートルの高さまで噴《ふ》き上がり、火の雨となって降《ふ》ってきた。

「火山が！　噴火《ふんか》するわ！」

恐《おそ》ろしい声で、ベアトリスが叫《さけ》んだ。

第16章　噴火《ふんか》

ドラゴンにとってさえ、あまりに熱すぎて、快適に過ごすことなどできない場所がある。

—アーネスト・ドレイク博士著『ドラゴンとの生活の思い出』１９１９年

噴《ふん》火《か》はすさまじかった。巨大《きょだい》な岩のかたまりが溶岩《ようがん》をたたえた噴火口に大量になだれ込《こ》み、吹《ふ》きだした溶岩は噴火口のふちをのり越《こ》えそうだった。ぼくたちのまわりの地面は振動《しんどう》し、浮《う》き沈《しず》みを始めた。足もとには大きな亀裂《きれつ》が走り、上空を見ると、大急ぎで逃《に》げようとするドラゴンが真っ黒い雲のようになっていた。大勢のツングースドラゴンがキョロキョロあたりを見回しながらも、何をしたらよいかわからないようにあわてふためいていた。

「こっちだよ、姉さん！」

ぼくはベアトリスの手をつかみ、ドレイク博士がコアとトレギーグルとともに待っているところまで、坂を一気にすべり下りた。口をふさぎながら、熱い灰《はい》の中でみんなをなんとか見つけた。ベアトリスが転んだのを助けたとき、燃えた大きな石がぼくたちの目の前に落ちてきて、あやうくトーチャーにぶつかりそうになった。後ろにもう一つ岩が落ちてこなごなになり、ベアトリスが叫《さけ》び声をあげた。どこから飛んできたんだろう？頭上にドラゴンの姿《すがた》が浮《う》かび上がった。その影《かげ》は黒い噴煙《ふんえん》よりさらに黒く見えた。

「ツングースドラゴンがまだぼくたちをねらっているよ！」

大きな岩がどんどん落ちてきた。二人のどちらかが焼けこげたり、つぶされたりするのは、時間の問題かと思われた。今や、噴火口《ふんかこう》からは火柱が立ちのぼり、足もとの地面は荒海《あらうみ》をわたる船のデッキのように揺《ゆ》れていた。コアとトレギーグルとブライソニアは、ツングースドラゴンと対決するために舞《ま》い上がり、空中で戦闘《せんとう》が始まった。ベアトリスとぼくは互《たが》いに支えあいながら、トーチャーと一緒《いっしょ》にドレイク博士をめざして逃《に》げた。

「どうしてツングースドラゴンはまだぼくたちを殺そうとするんですか！」博士に追い

ついたとき、ぼくはあえぎながらツングースドラゴンを指さした。

「アレクサンドラの洗脳《せんのう》はすぐには解けないんだ。ドラゴンの粉の効き目がなくなるのには時間がかかる。とにかくここから逃《に》げるんだ！」

溶岩《ようがん》が噴火口《ふんかこう》のふちぎりぎりまで達し、あふれて流れだすと、ゆっくりとしかし確実にこちらに向かってきた。数分後には、上のほうにある急坂に達し、スピードをあげるだろう。このままじゃ一巻《いっかん》の終わりだ！

「エラスムスは？」

白ドラゴンはふつうであれば見失うはずがない。見上げると、頭上でくり広げられているドラゴンどうしの戦闘《せんとう》は、我《われ》らが自由ドラゴン部隊の形勢不利は明らかだった。トレギーグルをはじめとして、何頭かの勇敢《ゆうかん》なドラゴンたちが墜落《ついらく》し、屈強《くっきょう》なワイバーンのウワッサでさえ、20、30頭のドラゴンの翼《つばさ》としっぽと火炎《かえん》の真っただ中で、苦しそうなようすを見せていた。

1頭のツングースドラゴンが大混乱《だいこんらん》から抜《ぬ》けだし、炎《ほのお》を吐《は》きながらぼくたちを目指し

第16章　噴火

て飛んできた。トーチャーがとびだしてぼくたちを守ろうとして牙《きば》をむきだし、小さな翼《つばさ》を精いっぱい広げた。火炎《かえん》をよけるためのバリヤとするつもりだったのだろう。ツングースドラゴンは低空を飛び、もう少しでぼくの頭に鋭《するど》い爪《つめ》を突《つ》き立てそうになった。さらに別のツングースドラゴンが2頭、ぼくたちに向かってきた。1頭が急降下《きゅうこうか》し、岩を拾った。

「あそこだ!」ドレイク博士が叫《さけ》びながら、大きな岩があるところを指さした。

ぼくたちは溶岩《ようがん》の流れから急いで離《はな》れようとした。しかしツングースドラゴンがすぐ後ろに迫《せま》っていた。振《ふ》り向くと、あとから来た2頭がぼくたちに追いついてきた。先のやつは重そうな矢じり形のしっぽでドレイク博士をねらい、あとのやつは炎《ほのお》を吐《は》きながら真っすぐぼくに向かってきた。どこにも逃《に》げられなかった。片方《かたほう》には切り立った急斜《きゅうしゃ》面《めん》、もう片方には溶岩!　ぼくは最悪の事態を覚悟《かくご》した。

そのとき、堂々とした白い生き物が突然《とつぜん》、山の尾根を越《こ》えて舞《ま》い降《お》りたかと思うと、口から発した氷のひと吹《ふ》きでぼくたちの周囲を一気に冷やし、空中でツングースドラゴンの火炎《かえん》とぶつかった。

「フロストドラゴンよ！　エラスムスがフロストドラゴンを連れてきたのよ！　彼《かれ》だったらやってくれるわ。洗脳《せんのう》を解いてくれるわよ！」ベアトリスが大声を出した。

ツングースドラゴンたちはぼくたちからサッと手を引き、新たな敵に立ちむかった。励《はげ》ますような咆哮《ほうこう》が、ぼくたちの側のドラゴンからあがった。

「エラスムス、なつかしいよ！」そう叫《さけ》んだぼくの声は震《ふる》えていた。エラスムスが期待を裏切《うらぎ》るはずはないと、最初からもっと信じるべきだった。

すでにツングースドラゴンの中には、事態の変化に気づいたものがいたようだ。視界《しかい》の中に、逃《に》げだしていくものが見えていた。

「急ぐんだ！」エラスムスは2頭のフロストドラゴンとともに舞《ま》い降《お》りた。

「島全体が爆発《ばくはつ》すると、コアが言っている。彼《かれ》らはわしのいとこで、ヌキとトクだ。アレクサンドラの人間の手下どもは少し前に島から逃げだした。わしは残ったドラゴンたちの鎖《くさり》を外さなければならん。乗れ！　トーチャーもだ。目をつぶっていろよ！」

ドレイク博士がエラスムスによじ登り、ぼくはトーチャーと一緒《いっしょ》にヌキに、ベアトリスはトクに乗り込《こ》んだ。飛び立つと、ドラゴンどうしの戦闘《せんとう》はすでに終わっていた。でも、まだどことなく緊張感《きんちょうかん》がただようなか、ぼくたちは絶望の島から急いで立ち去った。ドラゴンたちは最高のスピードでぼくたちを運んでくれた。

不安な気持ちで振《ふ》り返ると、火山の頂上《ちょうじょう》は、マグマの盛《も》り上がりが拡大《かくだい》して、明るく照らしだされていた。すると、耳をつんざく爆発《ばくはつ》が起こり、頂上全体が空に噴《ふ》き上がった。直後に猛烈《もうれつ》な熱波に襲《おそ》われて、ヌキはわずかな間だがコントロールを失った。きりもみするなかで、トーチャーとぼくは白いうろこに必死になってつかまっていた。流れだした溶岩《ようがん》で海の一部が沸騰《ふっとう》し、空は生き地獄《じごく》から逃《のが》れようとするドラゴンであふれていた。

フロストドラゴンたちは隊列を組んで飛んだ。トレギーグルはぼくたちと一緒だったので、逃《に》げおおせたはずだ。でもエラスムスとドレイク博士はどこに行ったんだろう？　戻《もど》って、逃げおくれたものがいないか確認《かくにん》しているのだろうか？　火山は急速に遠ざかり、島に残してきたものはすべて、猛烈《もうれつ》な勢いで台地をのみ込《こ》む溶岩《ようがん》と降灰《こうかい》の下に見えなくなっていた。

はるか眼下に、海の中で浮《う》き沈《しず》みする小さな船があった。ほとんど動いていないようだったが、もうもうとした煙《けむり》が煙突《えんとつ》から水平に流れ出しているのを見て、できる限り急いで島から離《はな》れようとしていることがわかった。

「見て！　アレクサンドラの手下にちがいないよ！」下を指さしながら、ぼくはベアトリスに向かって叫《さけ》んだ。

「逃《に》げだせてラッキーね」

そのとき突然《とつぜん》、大爆発《だいばくはつ》が起こった。ぼくはビクッとして耳に手をやった。これまで聞いたなかでいちばん大きな音だった。振《ふ》り返ると、ドラゴンの島全体が消えうせていた。水蒸気《すいじょうき》の雲が海から立ちのぼり、背《せ》の高いワイバーンの10倍にもなるような大波が海を横切っていった。船の男たちには恐《おそ》ろしい状況《じょうきょう》が待っていた。

エラスムスとドレイク博士はまだ見当たらなかった。島があった場所からあがった噴《ふん》煙《えん》が巨大《きょだい》な黒い輪になり、後方で広がっていた。あんなひどい爆発《ばくはつ》でも生き残れることなんてあるのだろうか？　心臓《しんぞう》が重く絶望的な鼓動《こどう》を響《ひび》かせていた。

しかし、すべての希望を捨《す》て去ろうとしたちょうどそのとき、はるか向こうにフロストドラゴンが雲をさいてあらわれた。その美しい背中《せなか》に見えた黒い点は、まぎれもなくドレイク博士だった。その横にコアがぴったりとつきそって飛んでいた。彼《かれ》らは爆発《ばくはつ》の余波の中で、ドラゴンの翼《つばさ》をはためかせ、じょじょにスピードを増しているようにさえ見えた。ぼくたちに近づくと、ドレイク博士が大きく手を振《ふ》り、ぼくたちも振り返した。ホッとしたぼくたちは、いつの間にか涙《なみだ》でほおを濡《ぬ》らしていた。

＊

北極と南極間の渡《わた》りをするフロストドラゴンは、何日も飛びつづけることができる。しかし、厳《きび》しい試練をのり越《こ》えた今、気がつくと、ベアトリスとぼくは空腹《くうふく》とのどの渇《かわ》きを覚えていた。ドレイク博士も同じように感じていたようで、身を乗りだすとエラスムスに何かささやいた。エラスムスがヌキとトクを呼《よ》ぶと、2頭は隊列を解いて、エラスムスに従《したが》った。

数時間後、陸にたどり着いた。砂漠《さばく》の上を飛んでから、ドラゴンたちはぼくたちを町の近くに下ろしてくれた。ドレイク博士が、そこはモロッコのマラケシュという町だと教えてくれた。人間だけで町に入ると、ドレイク博士はドラゴン・アイを首にかけるのに使っていた金の鎖《くさり》を売って、お金をつくることができた。公衆浴場で汚《よご》れを落としてから、ぼくたちは大きな市場の中の食堂でお腹《なか》を満たし、温かい服とじゅうたんを買った。じゅうたんはドラゴンが寝《ね》るときの毛布がわりにも、間に合わせの鞍《くら》としても使えるだろう。これでこれからの旅がもっと快適になるはずだ。

翌日《よくじつ》、ドレイク城《じょう》の芝《しば》にぼくたちが降《お》り立ったのは、もう夕暮れ時だった。戦いのニュースがもう伝わっていて、お母さんとお父さんがぼくたちを待っていてくれた。友だちのダーシーと、家政婦のマドモアゼル・ガメイも一緒《いっしょ》だった。

ぼくはダーシーたちにあいさつするのももどかしく、両親と抱《だ》きあった。でも、何が起きたかを話そうとした矢先に、ドレイク博士が手をあげて制した。

「君の両親に我々《われわれ》の冒険《ぼうけん》について話す前に、ドラゴンたちに休みを与えたほうがよさそうだね。ヌキとトクは腹《はら》ペコのはずだ。北極から飛んできてくれたのに、これ以上放っておいたら、我々はまったくの恩知らずになってしまう」

ぼくたちは心からフロストドラゴンに感謝した。するとエラスムスが進みでた。

「あんたたちがかまわなければ、ダニエルとベアトリスに話したいことがあるんだが」

何ごとかと思いながら、エラスムスについてドレイク城《じょう》の建物を回り、炭焼き小屋のところに来た。そこは、スコーチャーを最初に隠《かく》した場所でもあるし、卵《たまご》からかえしたトーチャーを無理やり水浴びさせたところでもあった。小屋は建て直されていたが、焼け落ちたときのこげ跡《あと》がまだ残っていた。

「わしはおまえたちに別れを告げなくてはならん。おまえたちがドラゴン族にしてくれたすべてに対して、わしは心からの感謝の気持ちを持ち続けるだろう。おまえたちの偉《い》大《だい》な働きは永久に忘《わす》れられることがない。この先おまえたちが何か危険《きけん》な目にあったら、ここにいるドラゴンが助けるはずだ。そうだろう、トーチャー？」

赤ん坊《ぼう》ドラゴンはぼくたちに寄ってくると、エラスムスを見上げ、頭を脇腹《わきばら》につけた。そのしぐさに、ぼくたちは思わずほほ笑《え》んだ。

「ヌキとトクと一緒《いっしょ》に行くのね？」ベアトリスが尋《たず》ねた。

「そうなるだろう。白夜の地を訪《たず》ねてから、もう長い時が過ぎた。ドラゴンの世界でいろいろなことが起きているし、これ以上放っておくことはできないんだ」

「でもスコットランドに行けばまた会えるよね？」

「それはむずかしいだろう。わしは人間について学ぶというチャレンジを十分楽しんだ。驚《おどろ》いたことだが、それは喜びにもなっていた。いい思い出になった。しかしわしの学習はもう終わりだ。これ以上イドリギアのアプレンティスのままでいるわけにはいかない」

そうだった！　イドリギアの悲劇的《ひげきてき》で、高貴《こうき》な犠牲《ぎせい》のことを思い返し、そのときはじめて、彼《かれ》の死がエラスムスに与えた結果の重大さに気づいた。ぼくたちのドラゴンの教師が、次のガーディアンになるんだ。ウォーンクリフでおこなわれる儀式《ぎしき》に招待してもらえるだろうか？　でもそんなことを今尋《たず》ねるわけにはいかない。最初に必要なのは、イドリギアの追悼式《ついとうしき》のはずだ。

「私たちを教えてくれる別のドラゴンはいるのかしら？」ベアトリスが尋ねた。

エラスムスは悲しい目でこちらを見つめた。

「それが、話したかったことだ。残念ながら、以前のようにすべてが進むことはもうないだろう。おまえたち二人は、わしが会っただれよりも、ドラゴン学についての適性を見せてくれた。ドレイク博士よりも、かもしれん。忍耐《にんたい》があり、勇敢《ゆうかん》で、立ち直る力もあり、ユーモアもある。おまえたちのような人間が世界にもっといてくれたらと思う。しかし、悲しいことに、ほとんどの人間はおまえたちとは違《ちが》う」

「それって、どういう意味？　ぼくたちのドラゴン学の勉強はどうなるの？　もっと頑《がん》張《ば》るよ！」

「頑張るかどうかの問題じゃない。二つの種にとって何が最善かということだ。実際のところ、ドラゴンと人間とのきずなを断《た》って、それぞれ別の道をいく時がきているんだ」

「きずなを断つ？　どうして？」ぼくは言葉につまった。ぼくたちはずっと一緒《いっしょ》にやってきたんだ。ぼくはエラスムスの言葉がすぐには信じられなかった。

「この世界には人間が多すぎる。しかし、ドラゴンはほんのわずかだ。ここ数年に起きたことでわかったのは、ドレイク博士やおまえたちのように我々《われわれ》を助けてくれる人間がいても、ドラゴンにとって危険《きけん》な状態はずっと続いているということだ。静かに身を隠《かく》すことが、我々にとって最も安全な方法だろう。我々が存在《そんざい》しないということになれば、漏《も》らしてはいけないような秘密《ひみつ》もあり得ないんだ」

ぼくは強く首を振《ふ》った。信じられなかった。

「ずっとなの？」

「ずっとではないだろう。しかし長い期間になるはずだ」

ベアトリスは赤ん坊《ぼう》ドラゴンを見てから、恐《おそ》る恐る聞いた。

「トーチャーはどうなるの？」

「トーチャーもだ。この子も野生に戻《もど》らなければならない」

ベアトリスは青ざめ、何が話されているかわからずにいる赤ん坊《ぼう》ドラゴンを、もう一度見つめた。

「いつなの？」

「すぐにだ」そう答えたエラスムスの声は、いくらか優《やさ》しさが感じられた。

「おまえたちがこの子をいくらかわいがっても、トーチャーはペットじゃない。野生のドラゴンなんだ。ほんとうによく育ててくれた。まだ子どもだが、この前は飛ぶしぐさも見せてくれた。もう自分で自分の面倒《めんどう》はみられるだろう」

ぼくは打ちのめされていたけれど、なるべく落ち着いて話そうとした。

「ドレイク博士は知っているの？」

エラスムスはもう一度うなずいた。

「わしはこのことを博士と長く話し合った。彼《かれ》に怒《いか》りをぶつけるのは筋《すじ》ちがいだが、彼は最初、トーチャーが姿《すがた》を消せばいいと考えたんだ。むずかしいかもしれないが、それが早くて、最終的には楽な方法かもしれん。しかしわしは、おまえたちに最後の1か月間、この森でトーチャーと過ごさせてやろうと思う。それくらいのほうびがあってもいいだろう。犠牲《ぎせい》を払《はら》わなければならなかったのは、イドリギアだけじゃない」

「ありがとう……」ベアトリスが言った。ぼくたちは少し頭をうなだれた。

「短いだろうが、おまえたちにとってはこれが勝利の味かもしれん。その瞬間《しゅんかん》の喜びが消えてしまわないことを望んでいるよ」

エラスムスは背筋《せすじ》を伸《の》ばして言った。その姿《すがた》は、もう旅立つ直前のようだった。ぼくは無理やり笑った。心はグチャグチャだったけれど、しっかり頭をあげておこうと思った。

「心配しないで、エラスムス。君はこれがいちばん正しい方法だと信じているんだろう。さようなら。また会おうね」ぼくは涙《なみだ》をぐっとこらえていた。

エラスムスは大きな爪《つめ》でぼくの手をとった。

「さらばだ、ダニエル。1か月後に、もう一度だけ会うことになるだろう。イドリギアの追悼式《ついとうしき》にドラゴンと人間が集合するときにな」

エラスムスは飛び立ち、ベアトリスとぼくは、愛してやまない赤ん坊《ぼう》ドラゴンのそばで、悲しみと信じたくないという思いに打ちひしがれていた。

＊

セント・レオナードの森の家に戻《もど》ってからの数週間は、あっという間に過ぎていった。ぼくたちはできるだけトーチャーと一緒《いっしょ》に時間を過ごした。トーチャーはどんどん新しいことを覚え、英語も理解しはじめた。狩《か》りに行って、獲物《えもの》を自分の巣《す》に持ちかえる姿《すがた》がよく見られた。飛ぶこともよく学んだ。ぼくたちはときどきトーチャーを森へ放ち、あとを追いかけてみた。でも、つねに悲しい思いがつきまとった。こんな時間はもう二度と来ないんだ。トーチャーはエラスムスが言ったことを完全には理解していなかったが、何かよくないことがあることを感づいていたようだ。ときどき何げなく座《すわ》って、ぼくたちを見つめることがあった。それはまるで、ぼくたちを忘《わす》れないために、姿《すがた》を目に焼きつけているようだった。

「心配ないわ、トーチャー。あなたがどこにいても、会いにいくわよ」

ある日、トーチャーが家から離《はな》れようとしないときに、ベアトリスが言った。

ノートを芝《しば》の上で開くと、トーチャーが寄ってきて、ぼくたちのあいだに座った。ぼくは、これまでの冒険《ぼうけん》を忘れないために、記録を書きはじめていた。

「君は本気でフリッツに向かっていったね、トーチャー」

「でも、フリッツもかわいそうだったわね」

「フリッツがかわいそう？　とんでもない！　やつは洗脳《せんのう》されていなかったんだよ。いつでも好きなときにアレクサンドラから離れることができたんだ！」

ベアトリスはびっくり仰天《ぎょうてん》してぼくを見つめた。

「あんな目にあったのも当然だっていうの？　そうでもないでしょ、トーチャー？」

しかし、牙《きば》をむいたトーチャーのようすを見る限り、ベアトリスに賛成していないようだった。その姿《すがた》はやっぱり野生のドラゴンそのものだった。

「君が野生に戻《もど》ってしまったら、ほんとうにさみしくなるよ。君もさみしいと思ってくれるかい？」ぼくは悲しげな笑い方しかできなかった。

トーチャーは答えなかったが、そのかわりに巣《す》から飛びだし、数分後に戻ったときには何かを口にくわえていた。頭を傾《かたむ》けて、ぼくたちの間に小さなかたまりを二つ落とした。火打石と黄鉄鉱《おうてっこう》の結晶《けっしょう》だった。ぼくは驚《おどろ》いて見つめた。

「そうか、わかったよ！　ぼくのポケットから取ったものだろう、トーチャー？　記念品として返してくれるのかい？」

トーチャーは、ぼくたちのほうに石を鼻先で押《お》しやった。

「でも、これをぼくにくれたら、どうやって炎《ほのお》を吐《は》くの？」

それに答えるように、トーチャーは頭をもたげ、立派《りっぱ》な火柱を吐いた。

「かわりのものを見つけたのね、トーチャー？」

「それじゃ、ぼくたちが1個ずつ持つことにしようよ、姉さん」そう言いながら、ぼくはベアトリスに黄鉄鉱《おうてっこう》をさしだし、火打石を自分のポケットに突《つ》っ込《こ》んだ。

次の朝、朝食をとりながら、ぼくはお父さんと久しぶりの時間を楽しんでいた。突《とっ》然《ぜん》、ベアトリスが涙《なみだ》を流しながら、家に駆《か》け込《こ》んできた。

「いないの！……トーチャーがいなくなったの！」

「でも、さようならも言わなかったよ！」

ベアトリスはテーブルのそばに来て、ぼくの肩《かた》に腕《うで》を回した。

「あの子は言ったのよ、ダニエル。昨日、言ったじゃない」

ぼくはポケットから火打石を取り出し、がっかりした顔で見つめた。

「そうだね……でも、あの子がどこに行ったかわかれば、会いにいけるよ」

お父さんが不意に新聞を置いた。

「残念だが、ダニエル。あの子がどこに行ったか、だれにもわからないと思う」

「ドレイク博士も？」

「それって、もう会えないってこと？」ベアトリスが聞いた。

「心配しないで。追悼式《ついとうしき》で会えるわよ。そのときにさよならって言えばいいわ」

お母さんがなぐさめてくれた。そして気を取りなおすように手紙を見せてくれた。

「今朝、これが来たわ。チディングフォールド男爵《だんしゃく》がドラゴン協会の代理として送ってくれたものよ。イドリギアの追悼式が1週間後におこなわれるそうよ。私たち全員を招待してくれるって」

追悼式のくだりで声が裏返《うらがえ》ったのを聞いて、お母さんも動揺《どうよう》していることがわかった。

ぼくは手紙を手に取ってみた。ドラゴン協会との前回のやり取りにはドラゴンの皮が使われ、文字が消えかけていたので読むのがたいへんだった。しかし今回は、便せんにわかりやすく書かれていた。

「神秘《しんぴ》といにしえのドラゴン学者協会の最後の集いになるだろうね。アレクサンドラ・ゴリニチカが打ち倒《たお》された今、ドラゴンたちの願いを尊重《そんちょう》して、S《エス》.A《エイ》.S《エス》.D《ディー》.は解散すると決められたんだ」

「解散?」ぼくは信じられなかった。

「それが最善の選択《せんたく》だろう。だれもドラゴンのことを知らなければ、結局、ドラゴンを悩《なや》ませるようなこともない。彼《かれ》らの存在《そんざい》が秘密《ひみつ》であれば、まず安全なんだ」

「でもお父さんとお母さんはこれからどうするの？」ベアトリスが尋《たず》ねた。

「私たちはね、これまでの経験を生かせる場所をもう見つけたよ。英国博物館で、恐竜《きょうりゅう》の研究をするつもりだ。最近サセックスで化石がたくさん発見されている。博物館では、化石の分類と、新種の標本の研究に時間をついやすことになるだろうね」

聞いているうちにぼくも興奮《こうふん》してきたけれど、それってドラゴンについて学ぶのと同じなんてことはないだろう。

その夜ぼくは、空《から》になったトーチャーの巣《す》にベアトリスが立っているのを見つけた。彼《かれ》の住みかだった小さな部屋を調べているようだった。

「トーチャーはどこへ行ったと思う？」ベアトリスは思い切って尋《たず》ねてきた。

「どこかの山だろうね。成長して大きくなったら、トーチャーはこの森にはおさまり切れないよ。ぜったいにね」

ベアトリスは部屋の隅《すみ》にある小さなかまどを指さした。

「ここで卵《たまご》をかえしたときのことを考えていたの」

ぼくは弱々しく笑った。

「最初に水浴びさせたときのことを覚えているかい？」

「あの子のおかげでびしょ濡《ぬ》れになったわね」ベアトリスも笑ったが、その目は涙《なみだ》にぬれていた。

「ジャイサルメールに向かうときも、あの子はたいへんだったわね」

「でも炎《ほのお》を吐《は》くことで役に立ったよね」

姉さんはうなずいた。

「ほんとうに、あっという間に成長したわ。今回はトーチャーが助けてくれたわね。これまでは私たちが助けるほうだったのにね」

ベアトリスの言うとおりだ。トーチャーとそんなに長く一緒《いっしょ》にいられるとは思っていなかったが、いざこうしていなくなってみると、その事実は耐《た》えがたかった。

「エラスムスはガーディアンになるとき、何かスピーチをするのかな？」

「そうね、すぐにわかるわ」ベアトリスはそう言うと、ぼくの肩《かた》に腕《うで》を回し、一緒《いっしょ》に家に戻《もど》った。

第17章　エラスムスの裁《さば》き

近年、ドラゴンはじつにうまく潜伏《せんぷく》している。この状況《じょうきょう》で、ドラゴンなど存在《そんざい》しないと信じ込《こ》んでいる人びとを責めるつもりなど毛頭ない。

——アーネスト・ドレイク博士著『ドラゴンとの生活の思い出』１９１９年

驚《おどろ》いたことに、イドリギアの追悼式《ついとうしき》は、ウォーンクリフではなく、彼《かれ》の巣《す》があったウェールズ地方のケイダー・アイドリスの山奥《やまおく》でおこなわれた。ぼくたちは山にいちばん近いドルゲラウの町まで、大型の馬車で旅した。ダーシーと、以前からの友人でチディングフォールド男爵《だんしゃく》の子どもたちのビリーとアリシアが一緒《いっしょ》だった。ビリーは、ぼくたちに衝撃的《しょうげきてき》な予想外のニュースを伝えてくれた。それによると、政府は、チディングフォールド男爵自身の発案で、ドラゴン大臣《だいじん》の職を近い将来に廃止《はいし》することを決定したそうだ。

「実際のところ、ぼくはちょっと不満なんだけどね」ビリーは少しいらだっていた。

ぼくには理由がわかっていたので、同情するしかなかった。ドラゴン大臣《だいじん》は政府の秘密《ひみつ》の組織で、少なくとも百年間は男爵《だんしゃく》の家系が独占《どくせん》してきた。ビリーもいつの日か大臣になることを、ずっと期待されてきたんだ。

「ビクトリア女王はどうされているの？　ドラゴンに興味をお持ちだったし、私たちの冒険《ぼうけん》についてお聞きになりたいとおっしゃっていたわ」

「女王も、今回の措置《そち》が正しいと信じていると表明されたの」ベアトリスの質問に、アリシアが答えた。

ぼくたちが理解していたことが、すべて変わりつつあった。将来への望みと期待が打ち砕《くだ》かれてしまったみたいだ。でも、S.《エス》A.《エイ》S.《エス》D.《ディー》のためにぼくたちとともに働いた人たちは変わっていない。

「お父様はどうするつもり？」ぼくはビリーたちに尋《たず》ねた。

アリシアがクスクス笑いながら答えた。

「そうね、ちょっととっぴに聞こえるかもしれないけど、父とティブスさんは政治の世界から足を洗って、空を飛ぶことに時間とお金をつぎ込《こ》むことにしたの。フランスとアメリカでおこなわれた実験のようすでは、もしかしたら翼《つばさ》のついた機械で空を飛ぶことが可能になるかもしれないの。父は、空を飛んだ経験のあるS.《エス》A.《エイ》S.《エス》D.《ディー》のメンバーから情報を集めれば、開発競争に勝てるんじゃないかって思っているわ。いずれにしても、列強の各国が空を飛ぶ機械を持つようになれば、私たちは取り残されてしまうんじゃないかしらね？」

「あなたはどうするの、アリシア？」ベアトリスが尋《たず》ねた。

「私？　私は、最初の女性パイロットになろうと思うの」アリシアは元気に答えた。

ドルゲラウに着いてすぐに、ベアトリスとぼくにとってうれしい驚《おどろ》きがあった。宿舎に入ると、そこにはノア・ヘイズとニーアの親子、それにマドモアゼル・ガメイと、彼《かの》女《じょ》の弟でフランス人ドラゴン学者のベルナルド・ガメイがいた。

ニーアは、ぼくたちが中国でアレクサンドラのドラゴンがもたらした伝染病《でんせんびょう》への治療《ちりょう》法《ほう》を探《さが》したとき、よく助けてくれた。彼女《かのじょ》とお父さんはアメリカのテキサスで、ドラゴンのための秘密《ひみつ》の施設《しせつ》を運営していた。

「いったい、どうしてここに？」

互《たが》いにあいさつを交わしたあとで、ぼくはさっそく聞いてみた。

「何も不思議はないわよ。イドリギアの墓参りに来たの」

「ドラゴンの施設《しせつ》のようすはどう？」ベアトリスが尋《たず》ねた。

「順調よ、と言いたいのはやまやまだけど、じつのところ収容するドラゴンがそれほど多くなくて。ゴリニチカもいなくなったし」

「あなたはどうなんですか、ベルナルドさん？」今度はぼくが尋ねた。

「私はうまくやっているよ。パンテオンもね。もうすぐ彼《かれ》に会えるだろう。何頭かのガーゴイルとともにハーレック城《じょう》の廃墟《はいきょ》となった塔《とう》に滞在《たいざい》しているんだ。パリのガーゴイルが仲間どうしの不和をついに克服《こくふく》したと聞けば、君たちもうれしいだろう。パンテオンが長となって、彼らは互《たが》いに共存《きょうぞん》することを決めたんだ。ちょっと待って。こちらに向かってくるのは中国のターさんじゃないか?」

ベルナルドの言ったとおりだった。ターさんには会ったことがある。宏偉寺《ホンウェイじ》の老師の友人で、アジアのドラゴン、龍《ロン》の世界的権威《けんい》だ。宏偉寺の戦いでやっとアレクサンドラを打ち負かしたあと、家に帰るときにいろいろなことを教えてくれた。

「老師は来られますか?」

彼女《かのじょ》は首を振《ふ》った。

「老師は具合がよくなくて、長旅は無理なんです。でも、よろしく伝えてほしいとのことでしたし、『天の下ではすべての物事がおさまるべきところにおさまり、賢人《けんじん》は最も自然な道を行くものだ』と、謎《なぞ》めいたこともおっしゃってましたわ」

彼女はそこで少し笑った。

「とにかく、あなたたちにお会いできて、ほんとうにうれしいわ。お二人とは楽しい思い出ばかりですもの」そう言いながら、ぼくたちの手を握《にぎ》った。

その夜、ドレイク博士が先導となって、たいまつを持った大行列が町からスタートした。行列は星のまたたく平原を過ぎて、ケイダー・アイドリスの頂上《ちょうじょう》へと続く道へ進んだ。それを見た町の住民が何を思うか、ぼくには想像もできなかった。でもお父さんが言うには、ぼくたちは神秘的《しんぴてき》な力をもつドルイド教の僧《そう》で、恐《おそ》ろしい目にあわないためにはだれも家から出ないほうが身のためだ、といったうわさをティブスさんが広めてくれたそうだ。さしあたりドラゴンには会わなかったが、坂の上で5頭のドラゴンが待っているのを見て、ぼくはかたまってしまった。黒いドラゴンは、ぼくが知る限りやつらしかいない！

「ツングースドラゴンだ！　ここで何をしているんだ？」

ドレイク博士が、ぼくの肩《かた》に手を置いてなだめてくれた。

「心配するな、ダニエル。彼《かれ》らは攻撃《こうげき》するつもりはない。彼らも追悼式《ついとうしき》に来たんだ。イドリギアがいなかったら、彼らはまだ奴隷《どれい》だったんだ」

ぼくはツングースドラゴンの前を足早に通りすぎた。ドレイク博士が安心させようとしてくれたが、まだ警戒心《けいかいしん》をとけなかった。ツングースドラゴンは静かに行列の最後尾《さいこうび》についた。すると、すぐ前のほうに、だれよりも会いたいと思っていたドラゴンがいるのに気がついた。ベアトリスも気がついたようだ。

「トーチャー！　トーチャーがいる！」

トーチャーは小走りでこちらに駆《か》けてきた。ぼくたちの顔をなめると、ひと吠《ほ》えし、それを合図にトーチャーの母親と兄さんもやって来た。

「スクラマサックス！　スコーチャー！　二人に会えてうれしいわ。具合はどうなの、スクラマサックス？」

「おかげさまで、あの最悪の傷《きず》からはなんとか快復《かいふく》することができました。しかし、私の子どもたちにはこのような悲しい式に参列させたくなかった」

スクラマサックスはかしこまった視線《しせん》を投げかけた。

「何にしても、我々《われわれ》ドラゴンはあなたたちがやってくれたことに心から感謝しています。あなたたちの優《すぐ》れたおこないが、忘《わす》れ去られることはないでしょう」

行列は進んだが、エラスムスにはまだ会えなかった。フロストドラゴンのなかにヌキとトクがいた。ぼくたちが通り過ぎるとき、彼《かれ》らはあいさつし、列の後ろについた。パンテオンとガーゴイルのグループ、何頭かの龍《ロン》（その中の1頭は、宏偉寺《ホンウェイじ》の戦いで一緒《いっしょ》だった）、それに多くのワイバーンもいた。ぼくらを乗せてアフリカへ飛んでくれた若《わか》いドラゴンのジャマールの姿《すがた》が見えなかったのが残念だった。でも、ウワッサが道に立って、列が通るときに重々しく会釈《えしゃく》してくれた。

もうすぐ山の頂上《ちょうじょう》だった。行列は大きな道から外れ、険《けわ》しい岩山をぐるっと回った。前方にほら穴《あな》の入口があり、その前には、ブライソニア、トレギーグル、ソマーレッド、アンブロシウスなどの、ドラゴン幹部会の高貴《こうき》なドラゴンたちが立っていた。スクラマサックスもその一員に加わった。チディングフォールド男爵《だんしゃく》と、会釈しているティブスさんの隣《となり》に立っているドレイク博士に促《うなが》されて、ぼくたちはグループに加わり、静かに会の始まりを待った。

「エラスムスはどこ？」ぼくは隣にいたお母さんに尋《たず》ねたが、静かにするように言われてしまった。

「コアを待っているんだが。会が始まる前に到着《とうちゃく》しないと……」お父さんの視線《しせん》の先を追うと、小さな黒い点が空にあらわれ、あっという間に大きくなってきた。

アンフィテールはぼくたちの真上で向きを変え、優雅《ゆうが》に着陸した。すると、口にくわえていたバッグをドレイク博士に渡《わた》した。

「私のドラゴン日記だ！　なくなってしまったんじゃないかと心配していたんだ」

博士は大喜びで、それを高く掲《かか》げた。

「大事なものじゃないかと思ってな。火山が爆発《ばくはつ》したときにピラミッドから拾い上げたんだ。もっと前にあんたに渡すつもりだったんだが、ついうっかり忘《わす》れていた」

「感謝するよ。私にとってはどんな宝物《たからもの》よりも大切なものなんだ」

「わしの兄弟も、リベル・ドラコニスのことを同じように思っている」

コアの言葉に、みんながざわめき始めた。コアは周りを見渡《みわた》すと、大きくせきばらいした。

「わしがまちがっていなければ、エラスムスを迎《むか》える時間じゃないかな。わしらすべてにとって重要なことを伝えてくれるはずだ」

イドリギアの巣《す》の入口から、エラスムスが姿《すがた》をあらわした。ひと吠《ほ》えすると、最初はドラゴン語で、次に英語で話しはじめた。

「人間とドラゴンのみんなにあいさつを述べたい。このほら穴《あな》の前に我々《われわれ》が集合したのは、大事なことをいくつか確認《かくにん》するためと、一つの重要な裁《さば》きをするためだ。

はじめに、高貴《こうき》なガーディアン・ドラゴンのイドリギアについて、悪との戦いの中で彼《かれ》がつねに勇敢《ゆうかん》だったことと、人間とドラゴンとの協定を擁護《ようご》してきたことを、我々は記憶《きおく》にとどめなければならない。彼は我々すべてを守るために死んだ。彼の犠牲《ぎせい》とその功績をここにたたえたい」

この段階《だんかい》で、集ったすべてのドラゴンが同意の咆哮《ほうこう》をあげた。

「長い歴史を通じて、ドラゴンと人間が積極的に交わってきたとは言いがたい。ドラゴンは秘密《ひみつ》主義で、孤高《ここう》の生き物だ。交わりはなるべく避《さ》けたいと思っている。しかし、悪のドラゴン結社が暗躍《あんやく》した暗黒の時代よりガーディアン・ドラゴンが存在《そんざい》し、ベアトリス・クロークの遺志《いし》をつぐドラゴン・マスターが代々活動してきた。彼《かれ》らの任務はドラゴンの存在を秘密裡《ひみつり》に保つことであり、ドラゴンの安全を守ることだった。その働きに感謝の意を表し、栄誉《えいよ》をたたえるものである。また、古代よりの宝物《たからもの》を保持し、昔の預言《よげん》にある悪の手に渡《わた》らないように目を光らせ続けてきた、神秘《しんぴ》といにしえのドラゴン学者協会にも感謝を述べたい。その任務は今、成就《じょうじゅ》した。

私はここに、ドラゴン協会の長として厳粛《げんしゅく》な裁《さば》きを申しのべる。今日この日をもって、神秘といにしえのドラゴン学者協会はその活動を終える。ガーディアンも存在することはない」

人間たちはいっせいに息を飲んだ。でも、半分以上の人は、この知らせを予期していたかもしれない。

「協会のすべてのメンバーは私に同意してくれている。ベアトリス・クロークの使命は果たされた。悪のドラゴン結社の後継者《こうけいしゃ》たちは打ち倒《たお》された。預言は成就した。しかしそれには貴重《きちょう》な犠牲《ぎせい》がともなってしまった。

世界には人間が多すぎる。我々《われわれ》ドラゴンは再び秘密《ひみつ》の存在《そんざい》となり、人間から忘《わす》れ去られるようになるべきだという点で、一同合意した。ドラゴンの数は減っている。いっぽう、人間は増え続けている。我々はほかから気づかれないものとなるように、存在を隠《かく》すつもりだ」

エラスムスは、自分の言葉が十分に理解されているか、確かめるようにそこで間をおいた。

「はっきりと理解してもらいたい。ドラゴン・ハンマーが破壊《はかい》され、ドラゴン協会が解散した今、ドラゴン・マスターの存在も必要ないのだ。我々が人間とのつながりを保つためにこれまで尽《つ》くしてきたように、我々の親愛なる友人であり協力者であるアーネスト・ドレイク博士も、最後のドラゴン・マスターとなる。我々を追い求めたり、探《さぐ》ろうとしたりする者はみな、みずから責任を取る覚悟《かくご》が必要である」

ここでエラスムスは、悲しみの色を目に浮《う》かべて、ベアトリスとぼくのほうを見つめて言った。

「これしか方法がないんだ」

ぼくは胸《むね》がいっぱいだった。ぼくの手を握《にぎ》ってきたベアトリスも、きっと同じ気持ちのはずだ。

「心配しないで、ダニエル。すべてがうまくいくわよ」ベアトリスがささやいた。

ぼくも姉さんの手を握りかえした。

「わかってるよ」でも、声が震《ふる》えるのをおさえることができなかった。

＊

「これで終わりなんですか？」トーチャーに最後の別れを告げ、宿舎へと歩きながら、ぼくはドレイク博士に尋《たず》ねた。

「そうかもしれない……しかし、そうでないかもしれない。一つの冒険《ぼうけん》が終われば、次の冒険《ぼうけん》が始まる」

「それって、どんな冒険ですか？」ベアトリスはがぜん希望を持ちはじめたようだ。

「ああ、……私の知る限り、冒険とは言いがたいかもしれないのだが」ドレイク博士は謎《なぞ》めいた言い方をした。

「博士はどうされるんですか？」ぼくは尋《たず》ねた。

「何百年も蓄積《ちくせき》されたドラゴン学の知識を、永遠に消し去ることはできない。それに、その知識が現代では必要とされていなくとも、百年後にどうなるかはわからんだろう。私は、ドラゴンの知識を秘密《ひみつ》に記録することを、残された人生のライフワークにするつもりだ。今のところ、その知識体系は選ばれた少数の人間にしか提供されていないが、将来《しょうらい》どうなるかだれにもわからないはずだ。将来、もしかしたら、多くの人間が私の記録を目にし、ドラゴン学を学ぶ日が来るかもしれん」

「これからも訪問《ほうもん》させてもらっていいですか、博士？」ベアトリスが言った。

「もちろんだ。君たちさえよければ、毎日でもかまわないよ。君たちにはドラゴン学の豊富な経験がある。私の執筆《しっぴつ》にも役に立つだろう」ドレイク博士はほほ笑《え》みながら言った。

ぼくもほほ笑んだ。少なくとも、自分たちの経験をときどき語りあう機会があることがわかって、ホッとした。

「イドリギアのほら穴《あな》はどうなるんですか？」ベアトリスが尋《たず》ねた。

「たぶん、永遠に閉《と》じられることになるだろう」ドレイク博士が当然のことのように答えた。

「博士のドラゴナリアは？」今度はぼくだ。

ドレイク博士の目が輝《かがや》いた。

「そうだね。店は開けておくことになると思う」

道の遠くのほうで、アリシア、ビリー、ニーア、ダーシー、それにターさんたちがかたまって、話に夢中《むちゅう》になっていた。それを見てふいに、温かな気持ちが込《こ》みあげてきた。冒険《ぼうけん》も、うれしいことや悲しいことも、みんなと分かちあってきたんだ。そして、すべてが終わろうとしている。

ドレイク博士がぼくの表情に気がついた。

「君たちは仲間と話すことがたくさんあるだろう。私はエラスムスに最後の別れを言わなければ」

しばらくして、博士は立ち去った。

エピローグ

私がはじめてドレイク博士に会ってから、長い年月が経過した。私も年齢《ねんれい》を重ねた。ベアトリスと私はまだドラゴン学を学んでいるが、ドラゴン・マスターになることはなかった。ケイダー・アイドリスでの最後の日以降《いこう》、ドラゴンの形跡《けいせき》を見いだすことはほとんどなかった。ドラゴンたちは努めて人間との関係を断《た》ってきたため、人びとはドラゴンの存在《そんざい》そのものを疑問視《ぎもんし》するほどになっている。そのおかげで、ドラゴンは幸福に暮《く》らしているはずだ。ドレイク博士は、学生たちのために、ドラゴンに関する多くの書《しょ》籍《せき》を著《あらわ》した。教えるのに、彼《かれ》以上の人はいないだろう。

私はといえば、イドリギアのほら穴《あな》の前での運命の日以降《いこう》、出会ったドラゴンはたった３頭しかいない。

森を走りぬけようとするウィーゼルを見かけたことがあった。ウィーゼルは森を出ようとしているのかと思ったが、実際には、前の巣《す》から別の巣に引《ひ》っ越《こ》しただけだった。

１８９９年３月、フロストドラゴンの渡《わた》りのシーズンに、１頭のフロストドラゴンがほとんど見えないほど空高く飛んでいるのに気がついた。あれは、確かにトクだったはずだ。

３回目に目撃《もくげき》したのは、１９１８年８月９日、第一次世界大戦中のことだった。その日付はよく覚えている。なぜなら、私が危《あや》うく命を失いかけた日だからだ。

ベアトリスと私は中年になっていたが、戦争中でもそれぞれ自分たちの役割《やくわり》を果たそうと決心していた。

ベアトリスは英国博物館の仕事を一時的に休み、シェフィールドの軍需《ぐんじゅ》工場で働いた。

私は、ドラゴンとの飛行へのあこがれを持ち続け、飛行機の推進者であるチディングフォールド男爵《だんしゃく》とティブスさんから厚い援助《えんじょ》を得て、航空パイロットとしての訓練を受けることができた。戦争が始まったとき、私は王立陸軍航空隊に徴兵《ちょうへい》された。フランスでの作戦に出発する前、年老いたドラゴン・マスターに敬意《けいい》を表するために、ベアトリスとともに出かけた。彼《かれ》は私の手をしっかり握《にぎ》って、幸運を祈《いの》ってくれ、書きかけている多くの書籍《しょせき》を見せてくれた。

＊

私は20回目の任務を終え、愛機ソッピース複葉機の手入れをするために基地に向かって飛んでいた。燃料タンクはほとんど空だった。ドラゴンに乗って何回も空を飛んだが、燃料の問題などなかったことを思い出していた。突然《とつぜん》、夢想《むそう》から現実の世界に引き戻《もど》された。ゴーッという音とともにドイツ軍のドライデッカー三葉機が上空から襲《おそ》いかかってくるのに気づいた。ところが、周りを見回しても、何も見つけられなかった。

機銃《きじゅう》から打ちだされた弾《たま》が驚《おどろ》くほどの正確さでわがソッピースに吸《す》い込《こ》まれ、翼支柱《よくしちゅう》を砕《くだ》き、垂直《すいちょく》安定板に穴《あな》を開けた。敵がどこにいるのかやっとわかった。パイロットは沈《しず》みゆく太陽を背《せ》にして機体を操作《そうさ》し、私の愛機に正確な銃撃《じゅうげき》をくらわしたのだ。今や愛機は損傷《そんしょう》が激《はげ》しく、エンジンから黒煙《こくえん》を吹《ふ》き上げていた。

すぐに制御《せいぎょ》不能になり、墜落《ついらく》体勢に入った。私は状況《じょうきょう》を受け入れるしかなかった。もう一度銃撃されたら、助かる見込《みこ》みはゼロに等しかった。こちらの機銃は損傷して使えなかったし、そのことを敵に気づかれていた。騎士道《きしどう》精神などあろうはずがなく、日を改めて地上で脚《あし》を引きずりながら剣《けん》を交えて闘《たたか》うことも許されないだろう。勝ち目はなかった。

その一瞬《いっしゅん》、死を目前にしながら、私の心はまったく違《ちが》った世界に引き戻《もど》されていた。純真《じゅんしん》で不思議さに満ちた世界だ。私は、ロンドンのセブンダイアルズ通りの近くにある不思議な店の地下にいた。鍵穴《かぎあな》からのぞき込《こ》むと、小さなドラゴンが実験室の中を飛びまわっていた。

敵の機銃《きじゅう》がうなりをあげ、愛機の方向舵《ほうこうだ》がふっとんだ。私は夢想《むそう》を振《ふ》りきろうとして、首を振《ふ》った。やつは次に燃料タンクをねらうだろう。万に一つの可能性もないことを知り、私はそのときを待った。私は自分に言い聞かせた。これで終わりだと。

そのとき突然《とつぜん》、何かが空中にあらわれた。それはまるで太陽のようなオレンジ色の目を持つ生き物だった。敵は、まるで千機の飛行戦隊に遭遇《そうぐう》したかのように、しっぽを巻《ま》いて逃《に》げだした。その生き物は炎《ほのお》を吐《は》き、翼《つばさ》を広げ、矢じり形のしっぽを空中にはためかせていた。ドラゴンだ！

心臓《しんぞう》の鼓動《こどう》が一気に早まり、私は喜びのあまり大声をあげるほどだった。でも、このドラゴンはこんな戦闘《せんとう》のただ中で何をしているのだろう？　渡《わた》りだろうか？　それとも、私が死神にだまされているのだろうか？

恐怖《きょうふ》を克服《こくふく》したドイツ軍パイロットは、機をひるがえし、新手《あらて》の危険《きけん》な存在《そんざい》に向けて弾丸《だんがん》の雨を降《ふ》らした。しかし、弾はドラゴンの横腹《よこばら》ではね返された。パイロットの顔が勝利の色からろうばいの色に変わるようすが容易に想像できた。やつの機体の2倍ほどの身長があるドラゴンは、パイロットの抵抗《ていこう》をものともせず、体をひるがえし、空気を切りさいて彼の機を追いかけはじめたのだ。時間の問題だった。ライデッカー三葉機はドラゴンのえじきとなり、爪《つめ》を立てられ、咬《か》まれ、丸焼けになった。

わずかな後に灰色《はいいろ》のパラシュートが開くと、ドイツ軍のパイロットが空中に浮《う》かび、眼下に見える部隊の方角へ降下《こうか》していった。部隊の車両マークを見ると、こちらの味方だった。私はほくそ笑《え》んでいた。あのパイロットは残りの戦争の期間を捕虜《ほりょ》として過ごすのだ。

ドラゴンはいつの間にか、めちゃくちゃになった私の機体の、上の翼《つばさ》を口にくわえ、廃墟《はいきょ》となったいくつかの建物の陰《かげ》の、安全な場所へと導いてくれた。機体の横にたたずむドラゴンの体は、沈《しず》みゆく太陽からそそがれる最後の光でうろこがきらめいていた。私が危機《きき》に陥《おちい》っていることをどのように気づいたのか、知りようもない。しかし、ドラゴンと私は互《たが》いを見つめ、静かなひと時を過ごした。

「プライシク・ボヤール、トーチャー！」私は思い切って叫《さけ》んでみた。興奮《こうふん》はさめていたが、うれしさと感激《かんげき》で胸《むね》がはりさけそうだった。

「プライシク！　プライシク・ホヤーリー！」彼《かれ》は叫《さけ》びかえした。

立ち上がった彼の声は雷《かみなり》のようにとどろいた。トーチャーは最後に炎《ほのお》をひと吐《は》きすると、衰《おとろ》えゆく日の光の中に永遠に姿《すがた》を消した。

――ダニエル・クック

セント・レオナードの森にて　１９５０年

翻訳・編集／こどもくらぶ（石原尚子、中嶋舞子、河原　昭）

デザイン・DTP／（株）エヌ・アンド・エス企画（尾崎朗子）

今人舎ドラゴン学公式サイト　http://dragon.imajinsha.co.jp/

ドラゴン・プロフェシー　THE DRAGON'S PROPHECY

2015年6月30日　第1刷　発行

著／ドゥガルド・A・スティール
訳／こどもくらぶ

編　集／石原尚子、中嶋舞子
発行者／稲葉茂勝
発行所／株式会社今人舎
〒186-0001　東京都国立市北1-7-23
TEL 042-575-8888　FAX 042-575-8886
ホームページ　http://www.imajinsha.co.jp
印刷・製本／凸版印刷株式会社

NDC933
336ページ　ISBN978-4-905530-40-4